与並岳生　戯曲集２

火城《かじょう》

―琉球国劇「組踊」誕生―

◆青年王尚温の夢〈国学を開く〉

琉球吟遊詩人
◆アカインコが行く〈三線音楽を開く〉

―目次―

火城《かじょう》

―琉球国劇「組踊」誕生―

江戸上りの玉城朝薫

（宝永7年「琉球中山王両使者登城行列」部分=国立公文書館所蔵）

登場人物

玉城親雲上朝薫
友寄親方安乗
三司官1、2
本部按司
垣花親方
与那城王子
金武王子
豊見城王子（摂政）
蔡温
程順則
真加戸（朝薫の妻）
従者たち
工事人夫、多数

○

尚敬王
高官・侍女たち

○

◇清国使者（冊封使一行）
海宝（正使）
徐葆光（副使）
随員多数

○

◇組踊関係
『二童敵討』
あまおへ
鶴松
亀千代
母
供

『執心鐘入』
若松
宿の女
座主
小僧

◇舞踊関係　多数

○

近松門左衛門

第一幕

（この幕はすべて日本語）

——紗幕——

映写（上手）
能『小袖曽我』
続いて、歌舞伎（隈取物）
人形浄瑠璃『曾根崎心中』
（「この世の名残。夜も名残。死ににゆく身をたとふれば……」）
（それぞれ2、3分——ＶＴＲ、もしくはスライド）
『曾根崎心中』に重ねて——
下手に座って舞台を見ている玉城朝薫（26歳）が浮かび上がる。
映写終わり、拍手が鳴り止まぬ中、紗幕が上がる。
朝薫、感極まって、観客席を見回す。

○

拍手、波が引くように消えて——
近松門左衛門（60歳、町人姿）が、上手から登場。
朝薫、手を付いて迎える。

近松　いやいや、お待たせしましたな。
まぁまぁ、お手を上げられよ。

近松、気さくに席に就く。
朝薫、座り直し、手を膝に置く。

近松　近松門左衛門です。琉球のご使者一行には、江戸の往き帰り、遠路、ご苦労さまです。玉城殿は確か、これで二度目の江戸の旅でございましたな。

朝薫　はい。前回は四年前の宝永七年です。こたびは新将軍に家継様、そしてわが琉球では尚敬王様ご即位となり、その慶賀と謝恩の旅で、慶賀使与那城王子、謝恩使金武王子、総勢百七十人という、これまでの江戸上りではもっとも多い人数で参りました。

近松　大坂の港から淀川を薩摩藩邸まで、また伏見、京都へ、細川藩をはじめとする西国《さいごく》大名家仕立ての御座船《ござぶね》で淀川を上り下られるご一行は、わたくしも岸辺にて拝見致しましたよ。いや、見事なものでした。いかにも唐風《とうふう》な飾り立てで。

朝薫　はい。こたびは特に、薩摩様のご意向により敢えて唐風を装うことになり、私は将軍家に琉球の音曲を奏上する座楽頭《ざがくがしら》、前回まで座楽主取《ぬしどい》といっていましたが、これもいささか仰々しい漢名の「楽正《がくせい》」ということで……。

近松　（頷いて）薩摩様から、琉球の芝居狂言づくりの参考に、玉城殿にぜひ、わたくしめの浄瑠璃を見せてやってくれとの申し出があったわけですが、琉球でも芝居をお作りになるのですな。

朝薫　勝手なお願いにもかかわらず、近松様にはとくにその機会を与えて下さり、感謝申し上げます。

近松　いかがでございましたか、曾根崎は――。

朝薫　いや、見事なものでした。引き込まれてしまいました。

近松　そうですか。いや、大坂奉行所からは、心中物は風紀を乱すとて、嫌味を言ってきています。今に上演禁止となるかも知れませんが、町民たちの人気は、お陰様で上々のようです。

朝薫　まこと、満席の観衆、皆、食い入るように見つめ、涙し、舞台と一体となっていて、そのことにもまた、胸打たれました。演劇の力、というものを、改めて感じ入った次第です。

近松　ご参考になりましたか。

朝薫　はい。琉球にはこの大和《やまと》とは違った三線《さんせん》音楽があり、歌があり、踊りもありますが、未だ、この大和の能、歌舞伎、浄瑠璃のような狂言がありません。何か、琉球でもそのようなものが出来ないかと。それで、劇作について、近松様のご教示をいただこうと、お願いに上がった次第です。

近松　なるほど。――しかし、玉城殿はもはや、江戸で能、歌舞伎などもご覧になったことでしょう。

朝薫　はい、いくつか。

近松　この上方《かみがた》でも、竹田近江座《おうみざ》のからくり芝居、わたくしども竹本座の人形浄瑠璃もご覧になられた。そして、おっしゃるように、演劇の力――というものを感じておられる。もはや、劇作のコツや呼吸というようなものは、汲み取られておられましょう。

朝薫　いえ、なかなか……。

近松　琉球では三線というのですか、三味線のこと。その三線があり、歌があり、踊りがあるなら、それらを活用して、芝居は作れます。琉球にも、さまざまな伝承、伝説がありましょう。まずはそういうものを、芝居に仕立ててみたらいかがでしょう。

朝薫　「羽衣」や「道成寺」と似た言い伝えがあり、人身御供《ひとみごくう》をからませた大蛇伝説などがあります。

近松　それぞれ。そういうものを、琉球の三線音楽や言葉、そして琉球独自の舞踊の要素などを組み合わせていけば、琉球独特の演劇が作れるのではありますまいか。

朝薫　琉球独特のもの……。

近松　そうです。琉球は薩摩の属国……いや失礼、

朝薫　いえ、その通りです。しかし、一方においては古来、明国《みんこく》そして今は清国《しんこく》皇帝の冊封《さくほう》下《か》にありますが、もとより独立した王国で、国王をいただいて、独自に国政を営んでおります。

近松　そう、ご政治向きは薩摩の属国とはいいながら、れっきとした独立王国であり、琉球独自の歴史と伝統があります。それを言いたかったのですが、そうした民族独自の文化を高めて、内外に示していくのは、とても重要なことです。琉球ここにあり、とね。独自な文化の中でも、衣食と同様に、芸能は大きな象徴となるでしょう。

朝薫　ただ、芸能に関して言えば、琉球にはこの大和のように、一般大衆向けの芝居小屋などもなく、三線音楽にしろ、舞踊にしろ、これは首里の王宮や首里の士族占有となっております。演劇を作っても、これは当面、首里王宮内での上演に限られてくるでしょう。その意味では、これは「国劇」という位置づけになります。

近松　国劇――。わたしどもが糊口《ここう》をしのぐために市井《しせい》に芝居小屋を建て、お金を取って見せているのとは、違うわけですね。

朝薫　そうです。すべては宮廷芸能、士族芸能で、観る者からお金は一切取りません。

近松　うらやましい。

朝薫　でも、先ほど近松様がおっしゃった、内外に琉球の独自文化を示していくというのは、琉球のこれからの国づくりにおいて、とても重要なことだと思われます。琉球はこのたび、新しい国王、尚敬王様のことを申し上げましたが、国王即位にあたっては、江戸の将軍へのご挨拶としてこたびのような江戸上りがあるわけですが、それとは別に、特に、中国――清国皇帝の冊封《さくほう》を受けねばなりません。近々、その冊封使《さくほうし》を迎えることになりますが、これは国家挙げて――というより国家最大の、晴れの大典となります。皇帝の使者、正副使をはじめとして北京、福州から総勢五、六百人がやって来て、およそ半年も滞在します。

近松　それはまた、大掛かりなことでございますね。しかし、琉球の気概を大中国に示す、よい機会でもありますな。

朝薫　はい。冊封の式典では、数々の音楽、舞踊の競演があります。そのことは歴代の冊封使が、琉球ではこういう音楽があり、舞踊があったと記録しています。従来の式典での出し物は、ほとんど代わり映えなく、似たような踊りと音楽だけでした。こんどの冊封は恐らく再来年になるかと思いますが、実は三十六年ぶりです。冊封使は明朝《みんちょう》以来の冊封記録などを当然読んでくるでしょう。三十六年も経って、琉球の文化芸能はちっとも代わり映えしないなと、琉球の進歩のなさ、はっきり申せば惰性を笑われるかも知れない。

近松　それで、こんどの冊封では、出し物を一新したいと？

朝薫　はい。琉球の王宮、首里城は先年、火災で全焼してしまい、目下、再建途上にあります。我らが帰国する頃には、立派に再建されていることでしょう。されば、新しい王宮、首里城を一新し、国王も代替わりとなり、琉球は新しく生まれ変わります。その新生琉球の姿をこそ、冊封使ご一行にはお見せしたく、その気概の一端を、国劇の創造をもって示したいと、かように考えている次第です。

近松　なるほど。ぜひ、お作りなされ、琉球国劇。――ふむ、それができれば、それは単にこたびの冊封式典にとどまらず、いや、それを出発点として、琉球の新たな伝統の確立となりましょうぞ。いやー、楽しみじゃ。出来ましたら、ぜひご一報下され。

朝薫　はい――。

第二幕

——那覇港——

江戸上り一行の帰国。
はるかに仰ぐ首里山上に、首里城が晴れやかに聳え立っている。
降り立った帰国者一行、振り仰いで、歓喜の声を上げる。

「おお、見ろ、御城《うぐしく》だ！」
「おお、見事に出来上がっているぞ！」
「見給え、太陽の光を浴びて、輝いているぞ！」
「琉球は新しい御主加那志前《うしゅがなしめー》の下、新しく生まれ変わるぞ！」
「おお、皆、力を合わせて、新しい琉球を作り上げようではないか！」

口々に歓喜の声を上げながら、互いに頷き合う。
慶賀正使・与那城王子朝直（22歳）、謝恩正使・金武王子朝祐（29歳）
両副使、讃議官ら、並んで見上げ、満足げに頷き合う。
程順則（唐衣装）、玉城朝薫もいる。

与那城王子　新しい御主加那志前に、新しい御城——。琉球は尚益王様のご不幸、首里御城の炎上、未曽有《みぞう》の大飢饉——と、この数年、苦難続きだったが、この御城の再建と、新しい御主加那志前、尚敬王様のご即位を機に、新しい琉球へ生まれ変わらせたいもの。

金武王子　まことに。われら、無事江戸上りを済ませ、次はいよいよ、御冠船《うかんしん》、冊封使お迎えじゃな。冊封使様には、生まれ変わった琉球をお見せしなければな。

与那城王子　御城の再建をもって、それを示すことができようが……。玉城親雲上——。

いきなり呼ばれて、朝薫はハッと緊張し、前へ出る。

与那城王子　そなたの国劇の構想などは道中《どうちゅう》に聞かせて貰ったが、それが出来るなら、この新しい琉球を華やげるぞ。新生琉球の門出を飾るつもりで、取り組んでくれたまえ。国劇のこと、私から、摂政《せっせい》、三司官《さんしかん》に申し添えておこう。

朝　薫　はっ、まだ思い付きだけですが……。

与那城王子　急ぐことはない。冊封使お迎えの準備は、これからじゃ。冊封は二年ほど先になろうからな。じっくり、想を練るとよい。

一同、首里城へと登って行く。

――暗転

（舞台転換の間に、ナレーション＝N）

(N)「琉球は、苦難が続いていました。
先の王尚益は在位わずか二年でしたが、この二年間は、まるで魔に魅入られたようなものでした。

即位して一週間後の冬夜中《よなか》、首里城が全焼してしまいました。

火の不始末と見られます」

・めらめらと燃え上がる炎（首里城炎上のイメージ）

「しかし、不幸はそれだけではありませんでした。この年は前年から台風が相次ぎ、また大旱魃となって琉球は飢饉が深刻になっていましたが、台風はこの年もまた相次いだのです」

・台風のイメージ

「冬十二月になると疫病も流行、各地から餓死者の報告が続々とどきます。
王府の史記によれば、
《道端に餓死する者、数えれば三千一九九名なり》
というありさま。これが世にいう〝丑年《うしどし》の飢饉〟です」

・旱魃、飢饉に苦しむ民衆、そして餓死……

「こうした苦難の連続で、心優しい尚益王はその心労のうちに病み、忽然と亡くなってしまったのです。

わずか十二歳の尚敬が即位しました」

・王冠、烏沙帽、王服（写真）

「江戸でも将軍家宣《いえのぶ》が亡くなり、その子家継《いえつぐ》がこれまたわずか三歳で新しい将軍となり、琉球は、尚敬王即位の謝恩と、新将軍への慶賀使の江戸上りを派遣したのですが、帰国してみると、首里城は薩摩の援助も得て、見事に完成しており、一同、その姿に、今こそ、覆いかぶさっていた魔を振り払い、新しい琉球の再建へと、気持を奮い立たせたのでした」

・首里高台に聳え立つ首里城。
（希望溢れるような音楽が高鳴る）

第三幕

――首里城内――

江戸上り一行の帰国。
摂政、三司官、親方らが上座に居並び、下座に親方、親雲上、里之子らが居並んでいる。

摂　政（豊見城王子朝匡）　江戸においては幼将軍家継様がわずか七歳で亡くなられ、新しい将軍には紀州徳川家の吉宗公が襲位された。来年はまたこの慶賀の江戸上りがある。それとともに、われらはいよいよ清国皇帝による冊封、御冠船の準備に入らねばならぬ。御城もかく立派に再建なり、冊封天使様には、新しい琉球の姿を示さねばならぬ。これより官員を挙げて、御冠船の取り組みに入りたい。これから一段と忙しくなる。各員、心を合わせて、取り組みに入ってほしい。三司官浦添親方より、当面する任務を申し上げる。

三司官の一人、浦添親方良意が立ち、前へ進み出る。

三司官（浦添親方）　まず、再びの江戸上りであるが、これはすでに、越来王子様を正使に、副使西平親方、以下およそ九十人がほぼ固まり、準備が始まっております。派遣は来年の夏のはじめとなりましょう。
次に、冊封の取り組みであるが、これはまず、清朝へ冊封を請う請封使を送らねばならない。これは例年の進貢を兼ねて、正使に兼城親方、副使に御主加那志前の国師職もかねておられる蔡温、末吉親雲上が北京に向かいます。

兼城親方、蔡温が立ち、礼をする。

三司官　次に、久米村総役《そうやく》の程順則古波倉親方――。

下座のグループの前列に控えていた程順則が立ち上がる。

三司官　古波倉親方には、冊封使の宿館、久米村天使館の全面的な改修の総指揮をお願い致す。久米村を挙げて取り組んでいただきたい。親方は唐言葉も堪能ゆえ、冊封使ご接待役もお願い致す。

程順則　しかと、相勤めまする。

程順則、一礼して、座る。

三司官　次に、これは国を挙げての一大事業となるが、巨大な御冠船が直接埠頭に接岸できるよう、那覇の港を浚渫《しゅんせつ》しなければならない。

那覇港は琉球の表玄関――すなわち顔である。しかしながら、これまで海底を浚ったことがなく、泥土が積もり積もって、進貢船や大和往来の船々も不便をきたしておる。このままでは、巨大な冊封船はかなり沖合に碇泊し、ご使者一行もはしけで渡さねばならぬ。冊封天使様に、琉球は不便なものじゃという印象を持たせてはならぬ。まして、われらにおいては、さきほど摂政豊見城王子様からありましたように、こたびの御冠船は、冊封天使様に、新生琉球を示さねばならぬものである。

一同、頷き合う。

三司官　那覇港の浚渫は、ただちに取り組まねば、冊封に間に合わぬ。こちらは、総奉行に本部按司様、親方奉行に垣花親方、脇奉行に玉城親雲上――

三人が呼ばれた順に立ち上がる。玉城親雲上とは朝薫のことである。

三司官　本部按司様、そして垣花親方は総監督であり、実際に現場を指揮していくのは脇奉行の玉城親雲上になります。
玉城親雲上には過去二度にわたる江戸上りを、ヤマト言葉にも堪能なゆえ通詞となし、またこれまで尚貞王様のご年忌、尚益王様の一周忌の踊奉行などを勤めてこられたにより、また、薩摩島津吉貴公のご指名もあって、とくに座楽主取に任じてきたが、これらの実績に踏まえて、こたびの冊封式典の踊奉行にも内定しておりますが、その前に、この那覇港の一大事業を導いて貰うことになる。
これを勤めあげて、次はいよいよ、御冠船の踊奉行じゃ。

朝　薫　しかと、相勤めまする。

三司官　うむ。玉城親雲上には、大きな任務が次々に控えておるが、頼んだぞ。

朝　薫　はッ！（と、腰を折る）

第四幕

——那覇港——

本部按司、垣花親方に見守られながら、竿入れ、縄張りなど、測量を指揮する朝薫。その指示を受けて、人夫たちを動かす赤ハチマチの里之子や青ハチマチの筑登之ら。赤ハチマチの里之子二人が、大地図を掲げて登場。

——地図は、那覇港湾と、久茂地川、国場川、漫湖、饒波川の図である。

本部按司、垣花親方が朝薫に導かれて、その大地図の前へ行く。

朝薫、棒で示しながら説明する。

朝　薫　那覇の港には、久茂地川、国場川、饒波《のは》川の流れが注ぎ込み、泥土も運ばれてきます。従って、那覇港浚渫に先立ち、まずもって、この三つの川を浚《さら》わねばなりません。とくに、国場川、饒波川が注ぎ込み、ここに漫湖《まんこ》が出来ています。漫湖も泥土が積み重なっております。これを浚わねば、大雨が降れば、泥土はまた那覇港に押し寄せられてきます。

垣花親方　三つの川浚えに漫湖。その上で、那覇港……大ごとだな。

本部按司　しかし、この川浚え、港浚えは、ある意味、積もり積もった国難の泥土を除去し、新生琉球の基盤を整えるものといえよう。この那覇の港は、まさしく琉球の表玄関。この那覇港とこれにそそぐ河川はまた一国の血脈《けつみゃく》ともいうべきものじゃ。これはその血脈に溜まった泥土を浚い、浄化し、国家万民の便利に供する、極めて重要な工事であり、このことを胸に刻んで、工事を成し遂げて貰いたい。

一同、大きく頷く。

垣花親方　工期はどのくらいになろうかの。

朝　薫　浚渫工事というものがどのようなものか、工事の者たちに当たってみたところ、少なく見積もって、一年……。どれだけ、民人を動員できるかにもよります。しかし、台風、大雨なども頻繁にありましょうから、あるいは一年を超えるかも……。

本部按司　来年夏ごろには、恐らく冊封使が来られるだろう。工期は限られてくる。民人の動員については、王府から全間切に割り当てる。ともかく、来年春の竣工を目指して貰いたい。

朝　薫　精を入れてやりましょう。

本部按司　うむ、頼むぞ。

本部按司、垣花親方去り、朝薫、これを見送ってから、再び地図に向き合い、腕を組む。

――暗転――


那覇港埠頭に壇を設けて河神《かわがみ》を祀り、本部按司、垣花親方、朝薫はじめ、工事の指揮官らが、祈りを捧げる。神官が、埠頭に進み出て、海に塩を撒く。

それが終わって、皆、立ち上がる。

朝　薫　さァ、本日の良き日を選び、河神への祈祷もおこなった。いよいよ、着工致す。段取りにそって、久茂地川班、国場川班、饒波川班、漫湖班、それぞれ、作業にかかれ。河川に架ける橋々については別途、橋組が任じられており、これと連携した工事となる。

襷がけをした赤ハチマチ、青ハチマチの士、そして人夫らが、頭を下げてから、四方に散る。

○

「国頭サバクイ」のメロディーが流れてくる（ゆっくりと軽く）。

「ヨイシー、ヨイシー」の掛け声も。

朝薫、従者の赤ハチマチを従えて、舞台を一周していく。工事を見回っているのである。

（本部按司、垣花親方はすでに舞台を去っている）

○

「国頭サバクイ」のメロディーが高まってくる。

「ヨイシー、ヨイシー！」の掛け声も、リズムを上げていく。

真夏――。

クバ笠をかぶり、手巾で汗を拭き、帳面に記入しながら、現場を見回り、人夫たちに指図していく朝薫。

（時日の経過を示すため照明、スライド＝地図アップ＝等の工夫）

○

工事は順調に進み、朝薫と従者、頷き合いながら行く。

だが――。

雲が早く、不気味な風が吹いてくる。

朝薫と従者、空を見上げる。

朝　薫　雲が早いな。

従　者　風も出てきました。嵐がきます。

朝薫、帳面を捲る。

朝　薫　ようやく、川浚いの目途《めど》がつき、来月あたりから、いよいよ漫湖、そして港を浚う作業に入れると思ったが……。

台風。さかまく風雨の中を駆け抜ける工事人たち。

朝薫も蓑を着け、風雨の中で、指示を飛ばす。

走る工事人たち。
雷鳴はとどろき、風雨が強まる。
朝薫のもとへ駆けつけてくる里之子。

里之子 久茂地川が氾濫しました。橋も流されました。

朝　薫 犠牲者は？

里之子 二人ほど風に巻き込まれ、流されて行方不明です。皆で捜索しています。

別の方角から、別の里之子と人夫らが駆けつける。

里之子 国場川に、人夫が数人、呑みこまれました。物凄い濁流となっています。

朝　薫 呑みこまれた者には気の毒だが、飛び込んで助けようとすれば、さらに犠牲者がふえるぞ。これ以上、犠牲者を出してはいかん。風雨の激しいうちは、皆、安全なところへ避難させよ。流された者の救助は、とくに捜索隊を編成しよう。

里之子、人夫ら風雨の中を駆け去る。
朝薫、髪を振り乱し、天を仰ぎ、祈る。
雷鳴、とどろく。――暗黒の中、うなる風雨。

――溶明――

チッ、チッ……と、小鳥のさえずり。
台風は去り、「国頭サバクイ」のメロディーが流れ出す（ゆっくりと、遠く）「ヨイシー、ヨイシー！」の掛け声も聞こえてくる。
本部按司、垣花親方、朝薫、その従者らが現場を見回っている。

本部按司 ひどい嵐だったが、どうなっている？

朝　薫 残念なことに、久茂地川、国場川に呑み込まれて、七、八人が犠牲となりました。この者たちの身内への手当、お願い致します。

垣花親方 分かった。手配致す。

朝　薫 工事の方は、またほぼひと月分が戻ってしまいました。期限も迫ってきており、間切からの人夫の増員が必要です。

本部按司 うむ。さっそく各間切に最大動員の命令を王府から出させよう。

朝　薫 大動員ができれば、何とか、来月には、いよいよ港浚いに入れましょう。

本部按司　そうか。頼むぞ。

朝　薫　はい。

「国頭サバクイ」高まる。

材木を担ぎ、二人一組になってモッコで土砂を運び、港では土砂を浚う人夫たちが、それぞれ忙しく立ち働く。

やがて、それは「国頭サバクイ」の群舞へ――。

（N）「こうして那覇港の浚渫工事は、玉城朝薫の采配により、実に一年四カ月をかけて、ようやく竣工しました。浚渫と連動して久茂地川に泉崎橋など三座をはじめ、三重《みえ》城《ぐすく》の浮道《うちみち》に橋三座など、合わせて十座の橋も架けられました。まことに、琉球の表玄関、那覇港とその周辺は面目を一新したのです。
各間切から動員された人夫は実に延べ六万八千三百八十五人、費用は十七万一千三十貫という莫大なものでした。

那覇港埠頭には、記念の石碑が建立されました。

この碑文を撰したのは、唐営久米村出の、蔡温です。蔡温は少年王尚敬王の学問師匠、すなわち国師でもあります」


官員見守る中で、石碑が建立される。

朝薫を含む官員の中央に、蔡温も、晴れやかに、碑の前に立つ。

（N）「碑文には、
《一国の血脈《けつみゃく》にして、万民の便利この港に係ること甚だ重し》
と刻まれ、工事奉行として本部按司、垣花親方と並び、玉城朝薫の名前も刻み込まれました」

本部按司・垣花親方・朝薫の三人にスポットを当て、さらにスポットは朝薫一人に絞られつつ――

朝薫にスポット当てたまま、ナレーション。

（N）「那覇港の浚渫工事を終えると、玉城朝薫は、いよいよ、冊封式典の踊奉行に任じられ、《国劇》に挑むことになります。冊封のことを琉球では《御冠船《うかんしん》》といいますが、その冠船《かんせん》踊奉行です」

（ナレーションが続く中）

三司官が従者を伴って登場（スポット）。

朝薫、恭しく、腰を折る。三司官、従者が捧げ持った受け盆から、辞令書を取り読み上げる（形のみ）。

読み上げて、朝薫に手交する。

朝薫、恭しく受け取る。

（N）「従来、踊奉行は按司一・親方一・親雲上三の五人体制で任じられるのでしたが、この御冠船の踊奉行は、親雲上の玉城朝薫ただ一人でした。すべての音曲・舞踊の責任を朝薫は一人で担うことになったわけです。

三司官ら去って、再び朝薫一人にスポット。

朝薫、辞令書を手に、大きな夢を思い描くように、天を見上げる――

（N）「玉城朝薫は、王府の踊奉行をつとめ、組踊を作ったことで、琉球芸能の父、あるいは琉球劇聖の名で通っていますが、那覇港とこれに注ぐ河川の大浚渫という一大土木工事を指揮し、かつ王府の政策を決定する表《おもて》十五人という要職なども勤め上げ、さらに度重なる薩摩への上国使《じょうこくし》、二度にわたる江戸上りなど、外交活動もめざましく、その活躍は芸能にとどまらない多才な人でした。その一端は、先の那覇港浚渫工事も物語っています。

その多彩な活躍において、彼は単に文化芸能のみならず、まぎれもなく、蔡温らとともに、近世琉球を導き、切り開いていった琉球のリーダーの一人だったといえましょう」

第五幕

――夜――

朝薫の家（座敷）
（紗幕が下りている）
下手奥に、朝薫が文机に向かって座している。
筆を持ち、瞑目して何やら思いをため、そして思い付いては、書き込む。
また、瞑目する。
謡曲が流れて、上手紗幕に「能」が浮かぶ。
そして「歌舞伎」、人形浄瑠璃「曾根崎心中」――
近松門左衛門が上座に現れる。

近　松　琉球独自の三線音楽や言葉、舞踊の要素等を組み合わせていけば、琉球独特の演劇が作れるでしょう。琉球の「国劇」――それは単にこのたびの冊封の出し物というにとどまらず、琉球の新たな伝統を打ちたてることにもなりましょう。

近松、消える。
朝薫、深く頷き落として、筆を走らせる。
黙読してから、原稿を手に立ち上がり、周囲を目測し、それから下手へ行って呼ぶ。

朝　薫　真加戸《まかどぅ》、真加戸――。

真加戸　（奥で）うー。

真加戸、出て来る。
朝薫、原稿を渡し、

朝　薫　これを読んでみよ。琉歌の節回しでな。女踊りの歩きで、回りながら（と、手で座敷を回る指示をする）

真加戸、「うー」と頷いて原稿を一読した後、座敷中央へ出、ゆっくりと回りながら、読み始める。

真加戸　蟻虫《ありむし》のたぐい　情けある浮世《うきよ》
里《さと》とまいて　互《たげ》に一道《ちゅみち》ならに

――字幕――
蟻虫の類いとて情けある浮世
あなたをさがして一緒になろう

朝薫、目を閉じて聴く。
首を傾げて、手を出す。
真加戸、原稿を渡す。朝薫、受け取って、さっと読み流し、机へ戻って、さらさらと朱筆を入れ、真加戸へ渡し、手で、回れと指示する。
真加戸、ゆっくり回り込みながら、原稿を読む。

真加戸　蟻虫のたぐい　情けある浮世
是非《ぜひ》も定《さだ》めらぬ　人《ひと》の怨《ら》めしや

――蟻虫の類いとて情けある浮世
心にもかけぬ人の怨めしや

朝薫、頷いて、もう一枚を真加戸に渡す。
真加戸、持っていた原稿を朝薫に渡し、新しい紙を受け取って、座敷中央へ出、回りながら読む。

真加戸　此の世をて里《さと》や　ご縁《えん》ないさらめ
一人こがれとて　死ぬが心気《しんち》

――この世にあってはご縁も結べぬ人よ
ひとり思い焦がれて死ぬ心地です

朝薫、腕を組んで考え込む。頷いてから、後に立てかけてあった三線を取って軽く調弦し、「さん山ふし」を歌い出す。

朝薫　此の世をて里や……

上手で、人の訪《おとな》う声――

友寄親方　玉城親雲上――（「ちゃーびらさい」でもよい）

真加戸、振り返り、「うー」と答えて、原稿を朝薫に返して、立って行く。
朝薫、三線を置き、姿勢を正す。
真加戸が客を導いて戻る。

真加戸　友寄様が、お見えになりました。

朝薫　おお、友寄親方が――。

真加戸にすすめられて、友寄安乗が「お邪魔しますよ」と言いながら、現われる。

朝薫　これは、わざわざ……。

朝薫、手を付いて迎える。
友寄、「まァ、まァ」と、朝薫に手を上げるよう促しながら、真加戸が差し出した円座に、軽く会釈を送って座る。

友寄　いや、先日はわが家へ訪ねて来られたようだが、あいにく他出《たしゅつ》していて、失礼しましたな。

朝薫　使いでもいただければ、お訪ねしましたものを。

友寄　何、すっかり暇になったのでな。――それで、お訪ねの向きは？

朝薫　はい。例の国劇のことで、いろいろご教示をいただこうかと。

友寄　たぶんそのことだろうと思った。しかし、これは、そなたの考えで、自在《じざい》に作ったらいいのではないかな。そなたとはこれまで、尚益王様の一年忌、そして尚貞王様の七年忌で、ともに踊奉行を勤めたが、ほとんどすべて、そなたに仕切って貰った。そなたの歌舞音曲、そして文才は皆が認めているところ。二度の江戸上り、さらに数度の薩摩への上国使で、島津の吉貴公からもその点、高く評価されている。大和の芸能にも深く触れている。先の江戸上りでは大坂の近松門左衛門殿とも会って、いろいろご教示を得たと、そなたも話しておったが、そなたにはもう、国劇の形が見えておるのではないかな。

朝薫　ある程度は見えておりますが、独りよがりの恐れもあり……。

友寄　何ぁに、なまじっか、他人の意見を容れようとすれば、かえって、そなたの構想がバラバラになろう。そなたの思い通りに作られよ。そのために、従来の踊奉行は按司一・親方一・親雲上三名の五名体制で任じられたものを、こたびの冠船踊奉行はそなた一人で、ということになったのだ。

朝薫　まことに、任の重いことで……。

友寄　何、そなたなら、いいものを作ってくれるであろう。（奥の文机を見て）もう早くも書き出しているのではないかな。

朝薫　まだ思い付きていどで……。

友寄　どのような趣向かな？

朝薫　ひと口でいえば、大和の能・歌舞伎・浄瑠璃を合体したようなもので、それを琉球らしさで織り上げて見ようかと。三線・歌・踊りの様式・そして台詞《せりふ》からなる、いわば楽劇です。台詞の唱えも、様式性を持たせるために琉歌三八六《さんぱちろく》の唱え方を基本に。例えば――

思《おも》ことのあても　よそに語《かた》られめ　｜思うことがあっても人に語られようか
面影《おもかげ》と連れて　忍《しの》で拝《おが》ま　｜胸に面影抱いてそっと拝みます

――ま、これは当間親雲上が詠んだ歌ですが、たとえばそんな風な唱え方で……。

友寄　ふむ、面白そうだな。で、どのような物語を？

朝薫　いくつか考えていますが、取り敢えず故事《こじ》を拾《ひろ》って……。

友寄　ふむ、中身は、そうだな、今は敢えて訊くまい。後の楽しみじゃ。しかし、この新しい国劇の名前も考えておるのかな。

朝薫　はい。これまでの冊封使の記録に、琉球の演芸のことは「球戯《きゅうぎ》」と書いています。すなわち琉球国戯《こくぎ》の意味で、その中の一つの出し物という位置づけになりましょうか。あえて名をつけるとすれば、三線・歌・踊りを組み合わせながら物語を組み立てていくことになりますので、たとえば「組踊《くみおどり》」とでも……。

友寄　組踊か……。なんだか素《そ》っ気《け》ないな。

朝薫　「国劇」などと大きなことを吹聴しましたが、どういうものになるか、まだしっかり定まっておりませんので、あまり気張った名は重荷になり、また後で恥をかくことになるかも知れませんので、肩の力を抜いて作るために、さりげない名で、と……。

友寄　なるほど。――組踊か。ま、それではじめて、後でもっとよい名が浮かべば、変えればいいかな。しかし、呼び慣わしていくにつれて、案外ふさわしい名になっていくかも知れない。組踊――、うむ、当面それでいこうか。

朝薫　はい――。

友寄、朝薫が談笑している。
真加戸が茶菓子をもって来る。
（それをバックにナレーション）
音楽、暗く――。

（N）「この友寄親方は名乗りを安乗《あんじょう》といい、代々三司官も出している毛氏《もうじ》の名門の出です。安乗は先の三司官嵩原親方安依《あんい》の三男で、王府の高官です。後に国政をめぐって三司官蔡温と対立し、若き平敷屋《へしきや》朝敏《ちょうびん》らとともに、国家の御難題《ごなんだい》を企んだ、――すなわち国家反逆の罪で、安謝の浜で磔《はりつけ》の刑になります」

第六幕

――那覇港――


音楽、明るく――。

すでに封船二隻が到着している（絵）

紫、黄色、赤、青など、色とりどりのハチマチの士族や、無冠の民衆（男たち）が詰めかけている。

駆け付けてくる者たちもあり、慌ただしい雰囲気。

「御冠船だ」「すごいな！」などとさざめき合う。

埠頭には「迎恩亭」の看板をかかげた、四阿が建っている。

封船には埠頭から黄色の欄干をつけた板橋が渡されている。

（N）「康熙五十八年、尚敬王七年、一七一九年六月。
清国皇帝が派遣した琉球冊封使一行、総勢六四九名が巨大な御冠船二隻で、琉球にやって来ました。

冊封正使は海宝《かいほう》、副使は徐葆光《じょほこう》。これまでの冊封でもっとも多い人数でした」


（中幕、下りている）
○両サイドに映写。
冊封使行列図のスライドを映写しながら、ナレーション――

（N）「久米村の冊封使の宿館、天使館から首里城までの冊封使行列は、琉球の官員も合わせて総勢およそ二千人、延々一キロに及び、楽の音が高まり、爆竹が鳴り、まことに華美をきわめたものでした」

○行列図の映写

（N）「そして、首里城正殿の御庭《おにわ》において、厳かに、冊封の大典が挙行されました。世子尚敬に対して、清国皇帝よりの詔勅《しょうちょく》が下ろされ、王冠、王服などが下賜《かし》されます」

○冊封式典の模様（スライド）をバックに――
冊封正副使の前で、宣読官《せんどくかん》が、恭しく詔を開いて、読み上げる。

「少年王」尚敬以下、重臣、女官たちは平伏して、これを受ける。

宣読官　《――天の御意《ぎょい》を奉《ほう》せし皇帝の詔《みことのり》に曰《いわ》く――爾《なんじ》琉球国は、南方遠くにありて、藩風《はんぷう》に列《れつ》す。中山王世子曾孫《せいしそうそん》尚敬は、たびたび来朝し、貢献を怠らず、篤《あつ》く臣節《しんせつ》を守りて、恭順いよいよ明らかにして、よく忠誠を尽し来《き》たれるは、深く嘉尚《かしょう》すべきなり。このたび嗣封《しほう》の奏請《そうせい》あるにより、ここに正使翰林院検討《かんりんいんけんとう》海宝、副使翰林院編修《へんしゅう》徐葆光を遣わし、詔をもたらし、往《い》かしめて封《ほう》し、琉球国中山王となすものなり。爾の国の臣僚及び士庶《ししょ》に至るまで王を助け、謹んで徳政を修め、ますます誠を励まし、天下をいただき、宗祀《しゅうし》を忘るることなければ、これは実に、爾の海邦の限りなき喜びとならん。ここに詔示して、あまねく聞き知らしめるものなり。》

（出来れば北京語。日本語の字幕）

宣読官は読み終えて、詔を巻いて盆に収め、冊封使に渡す。
引礼官が、
「平身」
と唱え、少年尚敬、衆官はみな立ち上がる。
奏楽の中、冊封使は詔を尚敬に手渡す。
尚敬、恭しく受ける。
冊封使は、随臣が捧げ持った王冠を受け取って、尚敬へ示す。
尚敬、傍らの重臣に詔の載った盆を渡し、一礼して、王冠を受け取る。
副使徐葆光が進み出、随臣から手渡された王服を下賜する。
尚敬、王冠を重臣に渡して、深く礼をして、王服を受ける。
引礼官が、
「クイ（跪）！」
と、号令を発し、尚敬以下、衆官は、「三跪《き》九叩頭《こうとう》」の礼をする。
楽が高鳴る——

（N）「このように、冊封の儀式は滞りなく進められ、世子尚敬は正式に、
——琉球国中山王——
に任命されたのでした」

（N）「大典の後、種々の宴が開かれていきますが、主として芸能が供されるのは、まず八月の中秋の宴です」

踊りの数々が披露されていく
・若衆笠踊
・女舞（本貫花）
・四ツ竹
・棒……など。
（踊りは抜粋し連鎖的に）
冊封正副使ら、琉球側は尚敬王、摂政、三司官が居並んで鑑賞。
朝薫も並んでいる。
踊りが続く中で、ナレーション。

（N）「玉城朝薫は御冠船踊奉行として、この中秋宴の芸能を仕切りました。これまでの踊り、音楽を監修し、また朝薫自身が創作した舞踊も花を添えました。そして、この中秋宴の後、九月九日の重陽《ちょうよう》の宴を迎えて、いよいよ、琉球国劇『組踊』の登場です」

『二童敵討』の音楽、「あまおへ」登場の重厚な按司手事《てごと》が、聞こえてくる。——

第七幕

——組踊の舞台——

上手《かみて》に冊封正副使及び清国側重臣、尚敬王、摂政、三司官らが並んで見ている。
冊封使にはあらかじめ、解説文「説帳」が渡されていて、これを開きながら、鑑賞する。

下手の袖道に、演題が掲げられる。
『二童敵討』
（鶴亀二児が父護佐丸の仇を復するの古事）

（以下、劇中劇として組踊の抜粋上演）

荘重な按司手事に乗って、「あまおへ」がのっし、のっしと現われる。「あまおへ」は隈取りした朝薫である。
「あまおへ」、舞台中央に、軍配をかざして、立ち直る。

出様《でやう》ちゃる者《もの》や、
屋良《やら》のあまんぎやな、勝連《かつれん》のあまおへ。
あゝ天《てん》の雨風《あめかぜ》や絶《た》ゆるとも、人《ひと》の
望《のぞ》み事《ごと》絶《た》えらぬ、此《こ》の世界《せかい》の習《ならひ》や。
あゝにやや、首里《しゅり》ぐすく滅《ほろ》ぼすば、
此《こ》の天《てん》の下《しちゃ》や、
我自由《わじゆ》しち遊《あそ》で、浮世暮《うきゆく》らさ。
道障《みちざわ》りしゆたる護佐丸《ごさまる》も殺《ころ》し、

……（略）……

道障《みちざわ》り無《な》らぬ、肝障《ざわ》り無《ない》らぬ。
よかる日撰《ひより》ゑ《ぃ》らで、まさる日撰《ひより》ゑ《ぃ》らで、
首里《しゅり》いくさすらに、那覇《なは》いくさすらに。
今日明《けふあ》ける廿日《はつか》、今日明《けふあ》ける三十日《みそか》、
よかる日撰《ひより》やこと、まさる日撰《ひより》やこと、
野原出《のはらで》て遊《あそ》ば、願立《がんた》てゝあそば。
供《とも》のちや、供《とも》のちや。

供　ほう。

……（略）……

鶴松、亀千代、下手より登場。（出羽歌「すきふし」）

——字幕——

出で来たる者は
勝連の阿摩和利
ああ、雨風は止んでも人の
野心は絶えぬ
いざ、グスクを滅ぼして
この天下
わが自由となして楽しもうぞ
行く手に立ちはだかっていた
護佐丸も殺して

もはやる者もない
よき日よりを選んで
首里・那覇にいくさを仕掛けようぞ
今日は日よりもよいので
野原に出て遊ぼう
勝ちいくさの祈願をして遊ぼう
供の者たちよ、供たちよ

おう！

「すきふし」

鶴松

節々《せつせつ》がなれば、木草《きくさ》だいん知《し》ゆり、
人《ひと》に生《うま》れたうて、我親《わうやし》知らね。

護佐丸《ごさまる》のおと子《ぐわ》、鶴松亀千代《つるまつかみぢよ》。
親《おや》の護佐丸《ごさまる》や　罪科《つみとが》も無《ない》らぬ。
勝連《かつれん》の按司《あじ》の　かうずみしやうち、
親《おや》と一門、殺《ころ》されて、

……（略）……

残《のこ》るふたりは、国吉《くにし》がひやが情《なさ》けゆえ
母《はは》の懐《ふところ》に隠《かく》されて、
年月《としつち》や積《つ》もて、十二ツ、十三ツよ。
けふやあまおへの　はる遊《あ》びてもの、
此《こ》のやう母《はは》に　知《し》らせしやうち、
でよ〳〵　敵討《てちう》たうやあ。

亀千代

親《おや》の敵《てき》とやり、たとへ死《し》ぢあとも、
国《くに》のある迄《ぎやで》や、沙汰《さた》ど残《のこ》る。

上手に母の姿、浮かび現われる。

鶴松

すだし母親《ははおや》も　聞《き》きとめて給《たぼ》うれ。
朝夕《あさゆ》さも　寝《ね》ても忘《わす》れらぬ
親《おや》の敵《てき》かたき
今日《けふ》列《つ》れて互《たげ》に　討《う》たんしゆもの。

……（略）……

母

なし子《ぐわ》わない列《つ》れて、
いきぼしやあすが、
女《ゐなご》生まれたる　事《こと》の怨《ら》めしや。
親《おや》の肌《はだ》そたる、此《こ》の守《まも》り刀《かたな》
けふどとらしゆもの
今日《けふ》どわたしゆもの。
肝《きも》に思染《おもひそ》めて、油断《ゆだん》するな。

鶴松

やあ、亀千代、
親《おや》の敵討《てきうち》や　ほこらしやどあすが、
すだし母親《ははおや》に　別《わか》ると思《め》ば。

季節の移り変わりは　木草も知る
けれど　私たちは父親も知らない

護佐丸が子、鶴松と亀千代
親の護佐丸は　罪科もないのに
勝連按司の讒言により
父護佐丸も一門までも殺され

我ら二人は国吉比屋の助けにより
母の懐に隠されて育った
年月も経て、もう十二と十三
今日は阿摩和利の春遊びという
このことを母に告げて
いざ、敵討ちに行こうぞ

親の敵を討ちたとえ死んでも
国のある限り騙り継がれよう

母親よ、お聞き下さい
朝夕、寝ても忘れたことがない
親の敵
今日こそ兄弟おし連れて
敵討ちに参ります

わが子とともに
私も行きたいけれど
女の身ではそれも叶わぬ
これは父上から預かった守り刀
今日こそ取らそう
今日こそ渡そう
心に深く留めて油断するな

なあ、亀千代
親の敵討ちは誇らしいことだが
生みの母親と　これが別れと思えば
……

「さん山ふし」
このからがやゆら
また拝《をが》もことも
けふの出立《いだち》ちや
さだめぐれしや

……（略）……

鶴松　やあ、亀千代、
躍子《おどりぐわ》になやり、敵《てき》の前にいかは、
互に見合《みあは》しやり、敵《てき》にか丶ら。

亀千代　胸《むね》に物思《ものお》めば、色《いろ》にあらはれる。
油断《ゆだん》すな互《たがひ》に　物思《ものめ》つめて。

二人、下手へ消える。
「あまおへ」が登場。

あまおへ　節《せつ》も春《はる》くれれば、木草《きくさ》もえいで丶丶
心《こころ》はれ〴〵と　遊《あそ》ぶ嬉《うれ》しや。
供《とも》のちや　〱、
遊《あそ》べ〱。

供　おう。

——酒盛り——

「いきんたうぶし」に乗って、
鶴松・亀千代、晴れやかに躍りながら登場。

「いきんたうぶし」
散《ち》りて根《ね》にかへる
花も春くれば
またも色《いろ》まさる
ことの嬉《うれ》しや。

あまおへ　あれ　見《ん》ちやか〱。
花盛《はなざか》りわらべ、押列《おしつ》れて踊《をど》る。
なりふじの美《きよ》らさ、呼《よ》べよ〱。

これきりであろうか
二度と顔を拝むことも……
今日の出で立ちの
辛さよ

なあ、亀千代
踊子になって　敵の前に出た時は
互に見合わせて　敵にかかろうぞ
胸に物を思えば　顔にあらわれる
油断するなよ、ともに思いは胸に秘めて

季節は春　木草も生き生き
心も晴れ晴れと　遊ぶのは楽しいぞ
供の者たちよ
遊ぼうぞ、遊ぼうぞ

おう！

散っては根に還る
花も春がくれば
また鮮やかに
咲く嬉しさよ
おい、見たか見たか
花盛り童が　押し連れて踊っているぞ
おお、美しい　呼べよ、呼べよ

供　おう
ゐいわらべ、
勝連《かつれん》の按司《あじ》の　お呼びよ。
御前《おまえ》に出《で》やうち、
躍《おど》てみおうめかけれ。

……（略）……

「はべらぶし」（二童、踊る）
かにやる御座敷《おざしき》に
御側寄《おそばよ》て拝《をが》がで

あまおへ　あゝ　清《きよ》らさ〳〵、
是《これ》もとらさうよ
〳〵。

供　これ〳〵。

あまおへ　たう〳〵　つげよ〳〵
またも飲《の》まに。

鶴　松　やぐめさも知《し》らぬ、
わぬ御酌《おしゃく》とらに。

あまおへ　あゝ　出来《でき》た〳〵、
たうたう　つげよつげよ。
花盛《はなざか》りわらべ　酌取《しゃくと》りの清《きよら》さ、
つぎゆる酒《さけ》までも
匂《には》ひのしほらしや。

……（略）……

供　たう〳〵　またも踊《をど》て、
御目《おみ》かけやうれ。

「はべらぶし」（二童、踊る）
蕾《つぼ》て居《を》る花《はな》に
近づきゆるはべる
いつの夜《よ》の露《つゆ》に
咲《さか》ち吸《す》ゆが。

おう！
これこれ童
勝連按司のお呼びぞ
御前に来て
踊りをお目にかけよ

このような宴席に
お側に寄って拝む嬉しさよ

おお、美しい、美しい
これを上げようぞ
これも上げよう

さあさ、酒を注げ
もっと飲もうぞ

おそれ多いながら
私たちがお酌致しましょう

おお、いいぞ、いいぞ
とうとう、注げよ、注げよ
花盛り童の酌取りの美しさよ
注ぐ酒さえも
匂いの清らさよ

さあさあ、また踊って
お目にかけよ

蕾んでいる花に
近づく胡蝶
いつの夜の露に
咲かせて吸おうか

あまおへ　あゝ　清《きよら》さ〱
ゑい　供《とも》のちや、
これも　取《と》らさうよ、
たう　これも取《と》らさうよ。
またも踊《をど》らしやうれ。

供　これ〱　またも躍《をど》て、
みおうめかけやうれ。

「津堅ぶし」（二童、踊る）
(戻《もど》せはやるまい)
勝連《かつれん》の按司《あじ》や
だんじゆとよまれる
たけほども姿《すがた》　人《ひと》に変《かわ》て。

鶴　松　護佐丸《ごさまる》のすで子《ぐわ》
知《し》つたか。
おまおへ逃《のが》すまい。

ああ、清ら、清ら
これ、供の者よ
これも上げよ
とう、これも上げようぞ
またも踊らせよ

これこれ、またも踊って
お目にかけよ

(戻してはなるまいぞ)
勝連の按司は
まこと鳴響まれる
姿形も人に優れて

我ら護佐丸が子
知ったか、
阿摩和利、逃がすまい

舞台下手へ、「あまおへ」を追い込む。
敵討ちして、戻る。

亀千代　朝夕《あさゆ》さも　寝《ね》ても忘《わす》れらぬ
親《おや》の敵《てき》かたき
討《うち》取《と》たることや　夢《いみ》がやゆら。

鶴　松　かたき討《う》ちとたる
けふの嬉《うれ》しさや
過《すぎ》し父親《ちちおや》も　知《し》ゆらと思《め》ば。
おあ亀千代、
刀《かたな》や鞘《さや》に納《をさ》め、躍《をど》て戻《もど》らうや。

亀千代　たう〱　躍《をど》て戻《もど》らうや。

「やれこのしいぶし」
けふのほこらしや、
なをにぎやな譬てる
蕾て居る花の
露《つゆ》きやたごと

朝夕も、寝ても忘れられぬ
親のかたき
討ち取ったこと、夢のようだ

かたき討ち取ったる
今日の嬉しさよ
亡き父親も知ったのではと思えば
さあ、亀千代
刀をおさめ、踊って戻ろうぞ

おう、踊って戻ろうぞ

今日の誇らしさを
何にたとえよう
蕾んでいた花が
露を受けてパッと咲いたようだ

※組踊の表記、ふりがなとも伊波普猷『琉球戯曲集』より。意訳は筆者

冊封正副使ら、
「艮好《ヘンハウ》！」「艮好《ヘンハウ》！」
と、盛大に拍手し、それぞれ満足げに顔を見合わせ、大きく頷き合う。
摂政が通事とともに、「あまおへ」姿の朝薫を伴って、冊封使側に赴く。

摂　政　お目にかけましたは、こたびの御冠船のために、特に仕立てましたる「組踊」でございます。いかがでございましたか。

海　宝　大変素晴らしい。はつらつと、すがすがしいものを見せてもらった。十分、楽しめました。

徐葆光　確かに、前代の冊封使録には、この種の演劇の記録はない。新しい試みですな。いや、立派なものでした。

摂　政　ありがとうございます。この「組踊」は、自ら「あまおへ」を演じましたるこの玉城親雲上朝薫こと向受祐《しょうじゅゆう》の工夫によるものです。

海宝、徐葆光、大きく頷き、朝薫を見る。
それから、徐葆光は「説帳」を開いて、

徐葆光　次の演目も、向受祐殿が創られましたか。

摂　政　はい。向受祐はこの御冠船のために、五つの組踊を創りました。

徐葆光　ほう、五番も……。

海宝と徐葆光、驚いたように顔を見合わせ、それから感に入ったように、手を突いて控えている朝薫に頷く。

摂　政　本日はもう一番だけご覧に入れ、残りは後日の宴席で上演致します。

徐葆光　楽しみである。

朝　薫　次は趣向を変えて、少し重い物語です。ご笑覧下さい。

「うむ」「うむ」と、両使は頷く。

○

チョーン、チョーンと拍子木が鳴り、『執心鐘入』若松の出羽音楽が始まる。
身を乗り出している海宝、徐葆光。
朝薫もそのまま「あまおへ」姿で並んで舞台を見守る。
幕が開き、『執心鐘入』が始まる——

演題掲示

『執心鐘入』（「鐘魔の事」）（抜粋）

音楽――若松道行
「金武ぶし」のメロディーが流れていく。
舞台の進行と台詞は、一致せずともよい。

・若松の道行
・女、手燭持ち出る
・若松と女（問答）
・女、じっと項垂れる
音楽――「干瀬に居るとりぶし」
・若松、立つ
・女も、立ち、若松の肩に手を伸ばす
・若松、振り払う
・若松、寺へ逃げ込む
・若松、座主にすがる
・座主、若松を鐘に隠す
・女、花笠持ち、出て来る
音楽「七尺ぶし」
・小僧たち、女を止めようとする
・女、花笠をかざして振り払う
・女、ゆっくりと回る
・小僧たち、追う
・座主、出てきて小僧たちを叱り、若松を鐘から出して逃がす
・女、鐘の前に、ドンと座る
（花笠の陰で隈取る）
・花笠から顔を出した女は鬼女に化している
・女、「今に不審な、あの鐘」！
（ここだけ、女の声）
・花笠を投げ捨てる
・鬼女、鐘に入る
・座主、出てきて小僧たちを叱り、数珠を擦り、経文を唱える
・鬼女、鐘から出る

	――唱え――	――字幕――
若松	わぬや中城若松どやゆる。廿日夜のくらさ、道まよてをたん。御情けの宿に、しばし休ま。	私は中城若松です 二十日夜の暗さに、道に迷っておりました お情けの宿に、しばし休みましょう
女	起きれ〳〵里よ、語らひぼしやの。	起きて、起きて、里前よ 語り合いたいものを
若松	今日のはつ行合に、かたることないさめ。	今日はじめて会ったばかり 語ることなどありません
女	深山うぐいすの春の花ごとに吸ゆる世の中の、習ひや知らね。	山深くにいるうぐいすでさえ 春ともなれば花ごとに、吸い回る、そのような世の中の習いを、知らないのですか
若松	知らぬ。	知りません
女	をとこ生まれても恋知らぬものや玉のさすづきの底も見らぬ。	男と生まれても、恋知らぬ者は 玉の盃の底も見えないだろう
若松	女生まれても義理知らぬものやこれど世の中の地獄だいもの。	女と生まれても義理知らぬ者は これぞ世の中の地獄というもの

・座主と鬼女のたたかい
・女、うなだれて退散

食い入るように見ている冊封使一行。王、摂政、三司官らも。隅に、友寄安乗の姿も。友寄も頷き、感じ入っている。

○

幕が引かれ、鑑賞者らは頷き合いながら、盛大に拍手する。

女　及ばらぬ里とかねてから知らば
のよで悪縁の袖に
結びやべが

及ばぬ人と、かねて知っていたなら
どうして悪縁を袖に結ぼうか

若松　悪縁の結で、放ち放されめ。
ふり捨てゝいかは、一道だいもの。

悪縁を結んで、放そうとしても放せぬ
ふり捨てて行かずば、同じ運命ぞ

若松　され〱座主加那志、
一夜かりそめの宿の女
悪縁の縄のはなちはなされぬ。
終に一道と
跡から追付き、
露の命を　とらんとよ。
たんで御助け、わがいのち。

もしもし、座主の前
一夜かりそめの宿の女
悪縁の綱を放さず
運命を共にと追い掛けてきて
私の命をとろうとするよ
どうかお助け下さい
お助けを

女　蟻虫のたぐひ
情けある浮世、
是非も定めらぬ
人の怨めしや。
この世をて里や
御縁ないさらめ、
一人こがれとて、
死ぬが心気。

蟻虫のたぐいにも情けをかける世
是非も分からぬ人の怨めしいことよ
この世にあっては　御縁の結べぬ人よ
一人思い焦がれて
死ぬ心地です

小僧　鬼の〱

鬼が、鬼が……

小僧　鐘の〱

鐘が、鐘が……

座主　ふれたか〱

狂ったか、狂ったか

第八幕

――首里城前――。

夕暮れになっている。
冊封使一行、那覇へ下る。
摂政、三司官、朝薫らが見送る。
（冊封正副使が北京語の場合は、字幕を入れる）

徐葆光　きょうはよい楽劇を見せて貰った。これは立派な琉球の伝統となるであろう。次の冊封使のために、使録にはこの楽劇のことを少し詳しく、紹介しておきましょう。

摂　政　ご満足いただけたでしょうか。

海　宝　実に満足した。土産話がふくらみましたよ。

徐葆光　このような楽劇は、わが清国において、私のふるさとの江南江蘇省に昆劇《こんげき》があり、北方では北曲の雑劇《ざつげき》がありましたが、北曲はすたれ、いま南曲と呼ばれる昆劇に押された感じで、北京にも本格的な国劇を興すことが課題になっています。

朝　薫　そうなのですか。

徐葆光　南曲、北曲を融合すれば、新しい音楽劇ができるのではないかと期待する声などがあります。北京で興せば、さしずめ「京劇」となり、文字通りの国劇になろうかと思いますが、琉球で向受祐殿が新しい国劇を作られたことは、我が国の「京劇」づくりにも大いに参考になりました。帰国したら、南曲、北曲の人々に、この琉球の国劇の話をぜひしたいと考えます。そして、わが清国の国劇として「京劇」の創造を、促していきたいと思う。

朝　薫　身に余るお言葉ながら、小さな海国のわが琉球の国劇など、大清国の芸能と比較されるものではありません。

徐葆光　いやいや、芸術は国の大小で決まるものではない。心だ。魂の入ったものは、人々の胸を打つ。それが芸術というものだろう。向受祐殿、さらにこの琉球の文化を高めるために、頑張って貰いたい。期待しておる。

朝　薫　ありがとうございます。

首里城前、綾門通りの両側に設置されたタイマツに火がつけられていく。

徐葆光　おお、すっかり夜になってしまったな。

徐葆光、あたりを見回す。
綾門通りのタイマツが全部点くと、水が流れていくように、首里からはるか那覇まで、次々にタイマツが点いていく。
延々たる光の道、火の道が現出する。

海　宝　おお！　火城《かじょう》（フォチン）じゃ！

皆、「おお、おお！」と驚きの声を挙げる。

海　宝　立派な趣向じゃ。

摂政、三司官らを、満足げに振り返る。

（N）「火城《かじょう》とは、道の両側にタイマツを立てて、夜道を導くことです。唐の時代には、元旦や冬至の朝礼に、城壁にぐるりとタイマツをたてて城塞を浮かび上がらせることを、火城と呼びましたが、漢代からは賓客の夜の見送りの儀礼としてタイマツの火の道が作られ、やはり火城と呼びました。その儀礼が、琉球にも伝わっていたのです。これまでの御冠船でも火城は作られており、前回――三十六年前の尚貞王の時の冊封使汪楫《おうしゅう》もその使録に、首里城からの帰り、首里城から那覇までタイマツ数千本が道を両側から照らす火城が作られたと、記録しています」

摂　政　火城はこれまでの冊封の宴で作られておりましたが、こたびも、タイマツ数万本、那覇を経て久米村の天使館までつなぎましてございます。それに、こたびはとくに、唐代の故事にちなんで、王宮にも特別な仕立てをなしてございます。

海　宝　ふむ、特別とな。

海宝と徐葆光ら、首里城を振り返る。
火城は背後の首里城までつらなっていき、首里城の回りもタイマツで包んだと見えて、首里城が幻想的にライトアップされる。

海　宝　おお、見よ、王城が照らし出されているぞ。うむ、うむ、見事な趣向じゃ。これぞ、まさしく火城。琉球の明日を照らす火城じゃ。折しも、琉球に国劇が誕生したは、その幕開けとも言うべきであろう。

皆、首里城を振り返り、そして那覇へ続く火の道を眺めて、感嘆の声を上げる。
希望に輝く音楽が高鳴る――
行きかけて、徐葆光、ふと振り返る。
――不吉な音楽（音響）――

徐葆光　あれは？

通詞に何やら囁く。
通詞うなずいて、朝薫に囁く。

通詞　徐葆光様は、あの隠れて様子を窺っている薩摩の在番サムライらを見てしまって、怪《け》訝《げん》に思われたようです。日本人じゃないかと。

舞台ソデに、うごめいている薩摩在番役人ら数人。コソコソと話したり、帳面に何やら書き込んだり、首を伸ばして冊封使一行を監視している。
朝薫、苦い顔で、彼らを振り返る。

朝薫　清国の朝廷は、琉球が一方では清国皇帝の冊封を受けながら、一方では日本薩摩の支配を受けているのではないかと、疑っている。それが露見したら、清国の怒りを買って、こんごの進貢貿易に悪影響を及ぼす。薩摩在番もこんなコソ泥みたいな監視をしなくてもいいのに。冊封の間は、絶対に姿を見せぬ約束だのに、困ったことだ。

朝薫、徐葆光へ寄り、説明する。

朝薫　あれが（と手で示して）お目に止まりましたか。あれは確かに日本人ですが、貿易にきた宝島の者たちです。清国のお使者が珍しいのでしょう。明日には帰る者たちです。

通詞が、徐葆光に通訳する。
薩摩在番役人ら、徐葆光らが、自分たちに気づいて、何か言っていると見て、コソコソと引っ込む。
徐葆光、鷹揚にうなずいて、何事もなかったように、引き上げて行く。
朝薫、ホッとしながら、咎めるように、薩摩在番役人の隠れていた舞台ソデを振り返ってから、徐葆光の後を追う。

音楽は、晴れがましく、高鳴って――

――幕――

青年王尚温の夢

（安室二三雄・絵）

登場人物

尚温王
三司官（代表して二人）
蔡世昌高島親方
摂政
御書院親方（二人）
聞得大君
妃
黒ヒゲ
久米村長老
鄭孝徳
久米村の人々
士族たち
近習
城女たち
舞踊と三線方

第一幕

首里城をバックにした首里の街。
人々（士族たち）が群れ騒いでいる。

士族1　おおー、見ろ、太陽が欠けていくぞ！

士族2　おお、おお、隠れていく、隠れていく……。

日蝕が始まる。
（太陽を写し出し、徐々に消していく）

士族3　選《よ》りにも選って、正月元旦早々に、太陽が隠れていくとは……。

士族2　不吉の前触れではあるまいか。

士族4　新しい御主加那志《うしゅがなし》、尚温王様がご即位して、初めて迎える正月だというのに……。

士族1　おお、おお、消えていくぞ、消えていくぞ！

太陽、上部からどんどん欠け、やがてすっかり隠れてしまう。
あたりは暗くなる。
おお、おお……という人々の騒ぐ声が交叉する。
（背景の首里城も消える）

○

暗黒の舞台上手奥に、浮かび上がる白衣の少年。若衆髷。
傍らに王冠を載せた台座。少年は尚温王（十二歳）、瞑目して、静かに祈っている。
舞台両ソデにも祈ったり、不安げにヒソヒソ囁き合う人々。
祈るうち——
しだいに、あたりが明るくなっていく。
（少年消え、前景の首里の街に）
祈る人々。明るくなっていくとともに、恐る恐る顔を上げていく。

士族2　おお、見ろ、太陽が姿を現すぞ。

士族1　よみがえりだ、太陽がよみがえっていくのだ。

士族2　よみがえるために、隠れたのだ。

太陽はすっかり復円し、小鳥たちのさえずる声も明るい。

士族3　不吉などではなく、これはめでたいしるしだ。

士族1　新しい御主加那志、尚温王様の御代《みよ》の始まりを、太陽加那志《てぃだがなし》が示されたのじゃ。

士族3　そうよ、そうよ、時代の節目、新しい御代の始まりを示されたのじゃ。

士族4　さぁ、新しい御代の正月を祝おうぞ！

士族たち　祝おう、祝おう！

ピーヒャルラー、路次楽《ろじがく》の音の高まり。

士族1　おお、御城《うぐしく》では正月元旦のお儀式が始まるぞ。新しい御代、尚温王様の御代のお儀式だ。さぁ、みんな、御城へ行こうぞ。尚温王様を讃えようぞ。

士族たち　お城へ行こう。御城へ。

互いに喜び合い、頷きあいながら、舞台を去る。

（※正月元日は日蝕のため物忌みとなり、元旦の朝拝の儀式は二日に延期されたが、一連の流れとして演出する）

第二幕

——首里城正殿前——

（沙幕が降りて、まだ正殿は姿を現わさない）

路次楽の音が、遠くで聞こえている。

摂政、三司官ら居流れる中央に、少年王尚温が座している。若衆髷に赤い振袖姿である。

左右の台座には、左に王冠、右に烏沙帽《うさぼう》が載せてある。

女官たちが王衣を捧げ持って来る。

摂政が軽く合図を送り、尚温王は頷いて座を立つ。

女官たちが進み出て、王衣を広げ、振袖の上から着せていく。龍の刺繍をほどこした王衣は少年用だが、それでもダブダブな感じである。

尚温王は両手を広げて、己が姿へ視線を巡らす。摂政、三司官らが恭しく見上げて、感激して、頷き合う。

摂政が立ち上がって、右台座の烏沙帽の前へ進み、拝礼して捧げ持ち、尚温王の前へ進んで、一礼してから、烏沙帽を被せ、拝礼して下がり、元の座に就いて、恭しく少年王を見上げる。

摂政　**おお、まことにご立派な、御主加那志前のお姿ぞ。**

居流れた三司官はじめ重役、女官たちも、惚れ惚れと見上げ、感激して頷き合う。

——晴れやかな、楽（路次楽）の音。

摂政　**さぁ、これより正月元旦のお儀式を執り行おうぞ。**

皆、立ち上がる。

尚温王、くるりと身を返し、後姿となる。重臣、女官たちも身を返す。

（沙幕上がり、晴れやかな首里城正殿が姿を現す）

神扇を持った聞得大君を先頭に神女たちが現れる。

向き直って、かすかに頭を下げる尚温王。

身を返す重臣、女官たち。

百官、正装して並び立つ。

中央に、香台《こうだい》が置かれ、火をつけた線香を男子神職が捧げ持つ。

尚温王、うやうやしく受け取って香台に立て、それから身を引いて、ひざまずく。

——朝拝の儀式——

「テーウー」（叩頭）、「テーウー」の声。

——哨納・銅鑼・胡弓・笛などの楽の音の中、

「テーウー、テーウー」

三跪九叩頭（一回跪くごとに三回拝む、拝みは頭を地につける）

（※形を見せるためなので舞台では二跪二叩頭でよい）

第三幕

――聞得大君御殿――

病に伏している聞得大君。神女たちが勢ぞろいし、隅っこの若い神女二、三人は顔に袖を当てたりしている。すすり泣いているのであり、ただならぬ様子が座に満ちている。大君は危篤状態なのである。
尚温王が、三司官に伴われて、あわただしく訪れる。
神女たち、身を引いて、平伏する。
尚温王、聞得大君の傍らに座り、覗き込む。

尚温王　母上……。

聞得大君、目を開く。

聞得大君　こ、これは、御主加那志前……。

傍らの神女に合図し、その助けで上体を上げる。

尚温王　思五郎《うみごろう》でござります。母上、ご気分いかがでございますか。

聞得大君　どうやら、お迎えが来ているようでございます。

尚温王　お気の弱いことを。お迎えはこの思五郎が、追っ払ってやります。思五郎は王位に就いたとはいえ、まだ十二、今、母上に逝かれては迷ってしまいます。母上のお助けがなければ、やっていけません。早く元気になられて、この思五郎を、導いて下され。

聞得大君、神女に上体を支えられたまま、かすかにかぶりを振る。

聞得大君　運命《さだめ》には抗えませぬ。そなたの周りには（控えた重役たちを見回して）、立派な補佐の方々が付いています。大丈夫です。

尚温王　（かぶりを振って）母上……。

聞得大君、目を閉じて少し案じる様子の後、重役たちを見回す。

聞得大君　政事のことは当面は、周りの方々に助けていただくとしても、（王へ視線を移し）王として国を導いていかねばならぬそなたに、母として、少しばかり言い遺《のこ》しておきたいことがあります。

尚温王　はい……。

聞得大君　この海に囲まれた琉球、これまでも苦難続きでした。船で遠い唐、大和と行き来しなければならず、度重なる遭難で、多くの尊い命を海に奪われてもきました。唐、大和だけでなく、琉球内でも、宮古、八重山など同じです。そうした多くの尊い命の犠牲の上に、この琉球が成り立っていることを、しっかり胸に刻んでおかねばなりません。

尚温王　はい……。

聞得大君　また、毎年のように、大風、旱魃、そして疫病にも、民人は苦しめられて来ています。王府の財政は困窮し、手を拱《こまね》いて押し流されていれば、国は疲弊し、民人の暮しはますます困窮していくでしょう。国の難儀は次々に、覆いかぶさってきます。

尚温王　…………

聞得大君　そうした降りかかる国の難儀を、力強く切り抜けていかなくてはなりません。その力は何かといえば、人です。人材です。

尚温王、呑み込むように頷く。

聞得大君　王として国を導いていかねばならぬそなた自身が、まずもって、自らを磨き、強い信念を持つことは言うに及びません。そなたは王になったとはいえ、そなたが申すようにまだ子供です。学ばなければなりません。周囲の方々に、謙虚な気持で学びつつ、自分を磨いていくこと、それによってしか、立派な王にはなれません。

尚温王　肝に銘じます。

聞得大君　けれども、王ひとりでは、国は導いていくことはできないし、ふりかかる困難を切り抜けていくことはできません。国を支え、切り開いていく、すぐれた人材を数多く育てていくことが、何よりも大事です。人を育てるということは、学問を盛んにすることです。自ら学び、それと同じに、この国に広く学問を興し、若い人たちを多く育てていくこと……これこそが、王としてとるべき道だと、胸に刻んでいくことです。

尚温王　はい。

聞得大君頷いて、王の背後に控えた三司官らへ視線を流す。

聞得大君　思五郎は王とはいえ、まだ十二。どうか、皆様が私の代わりともなって、厳しく教え諭しつつ、導いてくださることを、思五郎の母としてお願い致します。

三司官　（平伏して）お言葉、しかと賜りました。御主加那志前は幼少とは申せ、ご聡明であらせられます。必ずや、ご名君となられましょう。この点はどうか、安じられ、お病にうち勝っていただきとうございます。

聞得大君　ありがとう。がんばってみましょう。

（しかし……聞得大君の最期を暗示するような、沈痛な音楽が流れてくる）

第四幕

沙幕──。ナレーション（N）にのせてスライド。

・スライド（N）「琉球は一六〇九年の薩摩入り以来、薩摩の属国として、江戸の将軍代替わりには慶賀使、琉球国王の代替わりには謝恩使を江戸に派遣してきました。これが江戸上りです」

・演奏絵図　「尚温王の謝恩使は、尚温王即位二年から三年にかけておこなわれました。尚温王の伯父、大宜味王子を正使に総勢九十四人でした」

・舞踊絵図　「江戸上りでは、将軍の御前で楽童子が音楽を奏しましたが、これは琉球の三線音楽ではなく、中国の明曲と清曲で、琉球の三線音楽と舞踊は江戸の薩摩藩邸において、島津公の御前で披露されました」
「尚温王は十五歳になり、元服して、お妃を迎えました。王の婚礼で首里は沸き立ちました。婚礼の宴では、晴れやかな音楽と舞踊が披露されました」

沙幕上がり、舞踊の展開──。

・四つ竹
・若衆ゼイ

踊りを見ている尚温王と妃。
近習（若衆）二、三人が後ろに従っている。御書院親方、三司官も並んでいる。

御書院親方　あの若衆たちは皆、首里門閥の子弟でございます。御城づとめの傍ら、寺や先達のもとで、勉学にいそしんでおります。琉球の将来を担っていく若者たちでございます。

尚温王　楽しみである。余も負けずに勉学せずばなるまい。……そうだ、親方。唐営久米村から誰ぞ、良き師を招いてくれ。

親　方　国師でございますね。

尚温王　うむ。かの先々代の尚敬王さまの国師、蔡温公や、程順則殿のような久米の碩学《せきがく》をな。

三司官　久米の碩学といえば、まず蔡世昌《さいせいしょう》高島親方《たかしまおやかた》でございますな。

尚温王　おお、名前は聞いている。早速、招いてくれ。

三司官　ははっ。

第五幕

――首里城、御書院――

尚温王、摂政、三司官、御書院親方らが居並んでいる。
その前に平伏している、白髪の蔡世昌（60歳）。烏沙帽を被っている。

三司官　久米村紫金大夫《しきんたいふ》、蔡世昌高島親方、面《おもて》を上げられよ。

蔡世昌　はッ！（面を上げ、姿勢を立てる）

三司官　その方、本日より、御主加那志前の、国師に任ずる。これは、辞令書である。

前に置いた漆盆から、一枚の紙を取り上げ、盆を横へ引き、姿勢を正して、辞令書を差し出す。
蔡世昌、平伏してから、膝を進め、うやうやしく辞令書を受け、黙読して、捧げ持ったまま礼をし、にじり下がる。

尚温王　蔡世昌高島親方、余はこれより、その方の生徒である。漢籍、その他、余が王として身につけなければならぬさまざまのことを、遠慮なく、ご教授くだされ。

蔡世昌　畏れ多いことでございますれど、わざわざのご指名なれば、非才をかえりみず、相勤めさせていただきまする。

尚温王、頷く。

三司官　（王に向き直り）蔡世昌高島親方は唐営久米村の俊秀にて、先王尚穆《しょうぼく》王様の七年、乾隆二十三年、二十一歳の時に、同じく久米村の鄭孝徳《ていこうとく》殿とともに清国への国費による留学生、すなわち官生《かんしょう》に選ばれて、北京の大学国子監《こくしかん》に三年余学びました。北京国子監にはロシア、安南、シャムなどの諸国も留学生を送っておりますが、それら諸外国の中でも、琉球官生は歴代優れ、このことは皇帝陛下にも聞こえて、琉球官生はとくに優遇されてきているのであります。その歴代の琉球官生の中でも、蔡世昌、鄭孝徳殿はとくに優れた成績をあげたとして褒章され、お手元に差し上げましたる国子監の記録にも、その勉学の様を特に挿絵に描かれたほどでございます。

尚温王　（写本を開いて）まぎれもなく、清国の教授のもとで勉学を披瀝している官生に、蔡世昌、鄭孝徳とわざわざ書き込まれています。北京国子監の記録に、それも絵図付きで刻まれるということは、この上ない名誉というべきです。

（スライド）官生、蔡世昌、鄭孝徳の国子監で学ぶ図

蔡世昌　古い話でございます。

三司官　いやいや、北京で学ばれたその成果は、帰国後、進貢使者として幾度も清国に渡り、琉球と清国の架け橋となられたことで大いに発揮されました。また、清国の法にならい、わが国の法典づくりにも大きく貢献し、わが国でその右に出る者のない学識を備え、蔡温公の再来として、われら一同、異議なく国師に推挙致したしだいです。

摂　政　蔡世昌高島親方、わがお若き御主加那志前をよく導かれよ。

蔡世昌　及ばずながら、ご期待に沿うべく、努力致しまするが、御主加那志前にはお若いながら、ご才気煥発《さいきかんぱつ》のほど、噂に聞こえております。ご教授のし甲斐《がい》があると申すものでございます。

尚温王　余は即位から四年となったが、未だ十五。やっと元服したばかりにて、人間としての修養はこれからである。よろしく導いて下され。

蔡世昌　もったいなきお言葉。

尚温王　さっそくであるが、亡き母上のご遺言に、これからの余の大きな命題として、これからの琉球を支え、かつ切り開いていく人材の育成、という懸案がある。国造りは人造り、その道筋を作っていきたいと思うが、国師殿には、このあたりのご助言も得たい。

蔡世昌　国造りは人造り……（呟いて、天井を仰ぎ、瞑目してその言葉を噛みしめていたが、顔を戻し）まことに深遠なるお言葉。実は不肖、この蔡世昌も、いかにこの琉球の学問を興すかということをつらつら考えたりしておりましたが、学問を興すというのはひとえに、人造りということであり、今、御主加那志前より亡き母君、聞得大君様のご遺言がそのようなことであられたと知り、感銘の至りでございます。わが意を得たり、大いに勇気が湧いてまいりました。

尚温王　ほう、意を得たとな。このことは後でと思うていたが、さしあたり何をなすべきか、国師殿のお考えを伺いましょうか。

尚温王は身を乗り出し、隣の摂政、三司官へ同意を促すように視線を流す。摂政、三司官も頷き、

三司官　御主加那志前が求めておられます。思うところを腹蔵なく、披瀝されよ。

蔡世昌　されば……（姿勢を立てて）これはともに官生として北京で学んだ鄭孝徳殿ともつねづね語り合うているところでございますが、さしあたり二つございます。

尚温王　ふむ。

蔡世昌　その一つは、学校所を開くことでございます。

尚温王　学校所、とな。

蔡世昌　今、学校所としては久米村に、明倫堂あるのみでございます。尚貞王の代に聖人親方と称された程順則様が開いたものでございます。久米村は唐の国との架け橋、唐旅などに備えて、漢学・漢話は必修となり、久米村の子弟はこの明倫堂で学んでおりますが、これは久米村だけの学校所でございます。久米村のほかに、学校所はありません。

三司官　いかにも。王都たるこの首里にも未だ公学校はない。首里の子弟は皆、寺や村々の先達に私淑して、諸芸、学問を身につけ、それで間に合わせております。

蔡世昌　しかし、唐の国には国都北京に国子監があり、各地には諸侯が伴宮《はんきゅう》と申す公学校を開いて子弟に教育を施し、また大和の諸藩には、藩学校があり、人材育成に当たっております。これと同じように、この王都首里に、国学所《こくがくしょ》を開き、王府として、これからの琉球を担っていく人材の育成をはかっていく必要が、あるのではないかと考えるしだいでございます。

尚温王　首里に、国学所とな。

尚温王、大きな啓示を受けたように頷き、摂政、三司官を見る。摂政、三司官も蔡世昌の言葉に打たれたように、大きく頷いている。

蔡世昌　首里に国学所を開くとともに、首里三平等《みひら》にそれぞれ平等《ひら》学校、及び那覇、泊、さらに各間切にも、村学校を開く。村学校で優秀な成績の子弟は首里の国学所に進ませる。幅広い人材育成が出来ると思います。首里の国学所は、いわば北京の国子監です。

尚温王　ふむ！　国学、琉球の国子監！　素晴らしい。

三司官　して、今一つのお考えとは？

蔡世昌　はい、これも代々、久米村が独占してきた北京国子監への官生《かんしょう》を、首里からも送るべきと考えます。

三司官　北京への官生を、首里からも、とな？

蔡世昌　三、四年おきに派遣する官生は現在四人すべて、唐福建人の子孫たる唐営久米村が独占し、これは前朝《ぜんちょう》、明代《みんだい》からの決まりですが、今後はこれを、首里の子弟にも振り分け、学問の裾野を国都へと広げていかねばならぬと思います。清国との関わりは何も久米村のみに背負わせるのでなく、国として取り組む大きなことです。そのために、首里からも官生を出していくべきです。そうして派遣した官生は、これまでがそうであったように、帰国すれば大いに国に貢献し、また子弟教育にも厚みが出てきましょう。官生四人のうち半分二人は、首里に振り分けるのです。

三司官　しかし、久米村が何と言うかな。

蔡世昌　このことはチラチラ久米村でも話題にのせたりして、反応を見ていますが、むろん、みんな反対です。官生は久米村の既得権です。官生をつとめて来れば、自ずと高い役職につけるし、清国への進貢使者としての特権が得られます。その特権を首里に奪われることになると……。

三司官　そうであろうな。

蔡世昌　しかし、久米村がそのように清国との交際を特権として囲い込み、他に口を差し挟まさないように独占的に考えていると、……これは大きな声では言えないことですが、三司官殿が腹蔵なくとおおせられているので、思い切って申し上げますが、清国との交易の利をいかに多く掠《かす》め取るかにのみ、策をめぐらしている薩摩に、いいように取り込まれてしまう危険があります。那覇の薩摩在番は、王府の目の届かぬところで、久米村抱き込みをさまざまな手を弄して、あれこれ謀っております。

三司官　それはうすうす知ってはおるが……。そうであればなおのこと、薩摩在番も、官生の件では、従来通り久米村に味方するのではあるまいか。

摂　政　しかし、首里からも官生を出すことは、薩摩を牽制することにもなるな。（顔を仰向けて考えてから）……よし（と膝を打って顔を戻し）、国師殿、国学所、村学校所、そして官生の件、具体的に計画を進めて見よ。久米村説得のことも含めてな。御主加那志前、よろしゅうござるな。

尚温王　うむ、学校を開くことと、官生、二つとも、国師殿の言葉を借りるが、まさにわが意を得たりだ。大きな光が見えてきた！

第六幕

——久米村——

人々が、蔡世昌を取り囲んで、糾弾している。
仙人のような白髪白髯の長老、黒ヒゲの大夫を中心に、久米村の幹部、青年たち——。

黒ヒゲ　官生の半分を首里に振り分けるとは、この久米の特権を奪うもの。断じて合点なりません。

蔡世昌　今、時代は大きく変わりつつある。清国でも乱が相次ぎ、この先、どうなるか分からない。また清国、大和にはウランダーの船も現れるようになった。この琉球もやがて大きな世替わりの波に巻き込まれよう。国難がくる。それを乗り越えていくために、久米村の、首里の、といっている時代ではない。琉球の将来をみんなで力を合わせて切り開いていかなくてはならない。切り開く力は、人であり、そのために人材を育成していかねばならない。これからの官生は、久米村が独占するのでなく、首里にも開き、王府の足元も固めていかねばならない。王府首里の人材も育てねばならない。

黒ヒゲ　首里は大和と交際していればいい。清国との交際は、昔からこの久米村が担ってきている。官生は清国との交際のためであり、首里には必要ない。首里に官生半分を振り分けることは、久米村の特権を振り分けること、利益を引き剥ぐに等しいことではありませぬか。

蔡世昌　これは御主加那志前が琉球の将来、多難な時代を見据えて、琉球の力をつけるべく、学問を興していこうとのお気持から、決しられたこと。首里も久米も、手をたずさえて進んでいこうと……。

長　老　黙らっしゃい。学問を興すというが、国学所のこと、及び官生の振り分けも、すべて国師となられたそなたが、進言したというではないか。

蔡世昌　そんな時代が来たとの考えからです。しかし、私の進言の前に、御主加那志前には、国造りは人造りとの強いご信念を持っておられた。今は亡き御母君、聞得大君のご遺言でもあられたと……。

長　老　ふん、御主加那志前といい、ご信念とはいうが、まだ十五、いってみればワラバー。ご信念というものの、母君、聞得大君の受け売りではないか。そなたはそれにつけ込んで、国師などという立場から……。

鄭孝徳　（声）　あいや、大夫、お口が過ぎましょうぞ！

皆、振り返る。

白髪の鄭孝徳(61歳)が出てくる。

鄭孝徳 十五であろうと、御主加那志は御主加那志。背後には摂政、三司官、諸按司、親方衆がひかえてござる。それを何ぞ、ワラバーですと？ 許されざる不敬きわまる言葉なれど、ま、これまで久米村を導いて来られたご功績に免じて、今の言葉、聞かなかったことに致そう。

長　老 ………(さすがにたじろいでいる)

鄭孝徳 国学所のこと、官生の久米と首里振り分けのこと、蔡世昌親方のみのお考えではない。私も賛成です。蔡世昌親方のご進言は私の同意の上です。

黒ヒゲ 久米村第一とたたえられたかつての官生二人、今は紫金大夫として久米村の代表たる御身にも関わらず、久米の権利を首里にも分け与えると？ 大夫を責めるのは筋違いぞ、蔡世昌、鄭孝徳親方こそ、久米の恩を忘れた裏切り者というほかない。

長　老 (威厳を取り戻して)官生のことだけではない。国学を首里に開くのも、久米を踏みにじるものぞ。よいか、久米にはかの聖人親方程順則様が孔子廟に開いた明倫堂こそが学問所。首里に国学所を開けば、いきおいそれが王府の公学校となり、明倫堂は自ずからその下に置かれることになる。学問における久米村の優位を奪われることになる。駄目だ。

蔡世昌 明倫堂は久米村の学校であり、久米村人以外には開かれておりません。幅広く、琉球全体の学校所を開くのです。

長　老 (かぶりを振って)そもそもじゃ、公学校といえば、必ず孔子廟《こうしびょう》が一体でなければならない。これは儒学における定まりじゃ。明倫堂は孔子廟と一体であるからこその明倫堂。首里のどこに孔子廟があろうや。孔子廟なき学校所は、儒学の精神を踏みにじるものではないか。

黒ヒゲ ともかく、久米村としては、断じて官生の振り分け、孔子廟なき国学所には反対である。この旨、王府に嘆願する。これよりただちに、久米村成人男子全員の署名を募り、久米村の総意を王府に突き突けていく。

群衆、「おお！　おお！」と拳を振り上げる。

○

夜——

(舞台上手)

蔡世昌に署名を迫る久米村の幹部ら。

詰め寄り、筆を持たそうとするが、蔡世昌はかぶりを振り、拒絶。

罵りながら引き揚げる人々。

(舞台下手)

署名を迫られる鄭孝德。

腕を組み、瞑目して、拒絶。

——暗転

(うっすらと照明がつき)

——久米村——

右手の蔡世昌の家、左手の鄭孝徳の家に人々が押し寄せる。


「蔡世昌、裏切り者!」

「鄭孝徳、恥を知れ!」

「首里の犬!」

「裏切り者!」


罵声、怒声を浴びせながら、人々が蔡世昌、鄭孝徳の屋敷に投石する。

「どけどけ!」


桶を二人掛かりで担いでくる。人々が顔をしかめ、鼻をつまみ、糞尿であることが分かる。

人々が鼻をつまみながら「ぶっかけろ」と促す。

ひしゃくで汲んで、蔡世昌、鄭孝徳の家にぶっかける。

(暗黒)

舞台上手と下手に蔡世昌、鄭孝徳が、それぞれの家族とともに、項垂《うなだ》れている。

「裏切り者」「恥を知れ」の罵声、バン、バン!と、壁や屋根を打つ投石の音。子供たち、親にすがりつき、おびえる。

——暗転

(照明戻り、薄暗い久米村)

平等所《ひらじょ》役人五、六人がそれぞれ棒を手に雪崩れ込み、そのまま奥(下手)へ飛び込んでいく。

下手の内で、捕り物騒ぎ——入り乱れる声々。


「狼藉《ろうぜき》は許さぬぞ!」

「やめろ、やめろ!」

「捕らえよ!」

「やめろ!」

「こんな無法が許されるか!」

「国師殿への暴虐、許されぬぞ!」

何かが壊れる音、走り回る騒々しさ――


「引っ立てよ！」

「不当だぞ、離せ！」

「離せ、離せ！」


役人ら、数人を引っ立ててくる。二、三人は縄目を受け、それでも抵抗するが、役人らは強引に引っ立てていく。白髪の長老、黒ヒゲら幹部も縄を打たれて連行されていく。あとを追って出てくる久米村の人々。

久米村の人々
「ああ、何ということだ。久米村の権利を、王府は力で抑え込もうとしているぞ」

「久米村を踏みにじるぞ」

「村の長老、幹部を、あのように力ずくで捕らえて行ってしまったぞ」

「署名簿まで奪っていきおった」

「どうする？」

「そうだ、こうなったら、那覇の薩摩在番殿に訴え出ようぞ。薩摩在番は、久米村の味方だ」

「そうだ、在番殿に仲介をお願いし、捕らわれた幹部の釈放と、署名簿を取り返そう。署名簿は蔡世昌と鄭孝徳の二人以外の、久米村全員が署名してある。裏切り者二人を除く、久米村の総意だ。これを突き付けて、王府の方針を撤回させるのだ」

「さァ、これからすぐに在番所へ行こう！」


人々、「そうだ、そうだ」「在番へ訴え出よう」などと言い合って、駆け込んで行く。

第七幕

――王府（御書院）――

摂政、三司官、親方らが話し合っている。
尚温王も奥に出座し、黙って評議を聴いている。

三司官 困ったことになった。国師殿へ狼藉を働いた者たち、及び騒ぎを扇動した久米村の幹部らは、平等所《ひらじょ》が拘禁したが、久米村はこれでますます怒りを露わにしているようです。平等所が出動して、久米村を監視しているが、いつまた、騒ぎが巻き起こるか分からない状況です。

親方1 久米村は薩摩在番へ訴え出たと見えて、在番所からは、久米村騒動の穏便な解決を求めて来ております。やがて、拘禁した幹部らの釈放も求めてくるでしょう。在番は清国交易品の関係で、久米村を手なずけておかねばならぬから、久米村の味方です。

三司官 官生の件も従来通り、官生は久米村から出すべし――と言ってくるでしょう。何しろ、これだけの（と、手元の久米の署名簿を取り上げてパラパラとめくり）久米村の署名、これは国師蔡世昌殿と鄭孝徳殿の二人を除いて、久米村成人男子全員であり、いわば久米村の総意ということになります。それを無視すれば、取り返しのつかぬ事態を招きかねないと、御在番は言い添えて来るでしょう。

親方1 取り返しのつかぬ事態とは？

三司官 清国との交易及び進貢の件は久米村が一手に扱っている。久米村が、要求が認められなければ、進貢業務から手を引くと言い出せば、一大事です。首里、那覇人では、進貢はできません。久米村の味方たる薩摩御在番も王府に、無理難題を持ちかけてくるやも知れません。清国との交易品の貴重な品々は薩摩も掠め取っていきますが、それでも清国との進貢交易は琉球の命です。

一同、ウームと腕を組み、瞑目してしまう。

三司官 さりとて、脅しに屈して、王府が方針を撤回すれば、われら、体《てい》たらくと笑われましょう。いや、何よりも、御主加那志前のご威厳にかかわる。官生の首里への振り分け、そして国学所の開設は、御主加那志前のご信念。教育立国。御主加那志前はこれに琉球の将来を託しておられる。そのご信念で決しられたことを、久米村が騒いだから撤回するというのでは、国人への示しもつかぬし。

摂政 さよう、御主加那志前は未だ若年、いよいよ軽く見られかねない。王府のきっぱりとした姿勢をこそ、今、国人、天下に示していかねばならぬ。弱腰は見せられない。

三司官　さて、この騒ぎ、どのように取り収めましょうぞ。

親方2　国師蔡世昌殿は久米村の人々が見張って、押し込め同然、一歩も家から出られぬありさま。病を発し、床に就いたということでございます。鄭孝徳殿も身の危険から雲隠れして、行方が分からないということでございます。

三司官　国師殿に万一のことがあれば、大事です。

一同、「ウーム……」と唸ったところへ、奥に黙していた尚温王の声――。

尚温王　余が、久米村へ参ろう。

一同もびっくりして、尚温王へ向き直る。

三司官　う、御主加那志の前、何と仰せられましたか。

尚温王　余が久米村へ参る。

三司官　そ、それは……。

尚温王　国学所はぜひとも開設しなければならぬ。官生の振り分けもな。これは一体のことだ。国学所は国師蔡世昌殿を開学の学師に迎えるつもりであるが、国師殿が久米村郷党に圧迫されて病の床に就いたということであれば、黙っていることはできぬではないか。

三司官　さりながら、御主加那志前が御直々《おじきじき》に、騒動渦中の久米村へお出向かれるなど、とんでもないことでございます。

尚温王　危険だと申すか。

三司官　いえ、いくら久米村郷党が怒っていようと、畏れ多くも御主加那志前に歯向かうことなど致しますまいが、このようなことでの、御主加那志前御直々の御出御《ごしゅつぎょ》はかつて例のないことでござります。われわれで、何とか久米村を説得いたしますれば……。

尚温王　久米村郷党は感情的になって、聴く耳を持たぬありさまに見える。紫金大夫にして国師たる蔡世昌、そして鄭孝徳の迫害に及んでいる。三司官以下が出向いても、耳を貸すどころか、逆に突き上げるだけであろう。しかし、余が出向けば、耳を貸そう。余の思うところを、じかに語らねば、治まるまい。

三司官　御主加那志前……。

第八幕

――久米村――

孔子廟中の明倫堂前。

孔子廟に礼拝する尚温王。王冠ではなく、烏紗帽。

摂政、三司官、親方、随員多数。

――遠巻きに、久米村郷党。

尚温王、礼拝を終えて、久米村郷党に向き直り、数歩、歩み寄る。

平伏する久米村の人々。

三司官、進み出る。

三司官　御主加那志前には、こたびの騒動、お心を痛められ、御自ら久米村のご郷党に、国学所のこと、並びに官生の振り分けのことを御直々《おじきじき》に説明し、ご郷党の理解を得たいと仰せられての御出御《ごしゅつぎょ》である。御主加那志前のこのような御出御は、前例なきことである。ご一同、慎んで受けられよ。

久米村郷党、「へへーッ」と、平伏する。

尚温王、三司官を抑えて、久米村の人々に近寄っていく。

尚温王　一同、そう畏《かしこ》まらずともよい、面《おもて》を上げられよ。

人々、恐る恐る、顔を上げるが、平伏の姿勢のままである。

尚温王　三司官からもあったように、余はこのような騒ぎになろうとは、思いもしなかった。これは余の意が十分に伝わらなかったことから、誤解を招いたと思う。琉球は遭難、疫病、飢饉と国難相次ぎ、疲弊している。こうした国難を乗り越えていくのは、結局は人の力であるが、そのためには、教育を広く興し、すぐれた人材を育てていかねばならぬ。そのための国学所の開設であり、官生の首里からの参加である。

聴いている久米の人々。

尚温王　いかにも、これについては、国師蔡世昌高島親方の進言もあった。蔡世昌親方は、先々代尚敬王様の御代《みよ》に多難なこの琉球を導いた、この久米村出の蔡温公、さらには聖人親方程順則にも比すべき久米の碩学。余は王とはいえ、未だ十五の若年なれば、よく導いていただきたいとの思いで国師にお迎えしたのである。久米村から国師を迎えるは、尚敬王様の時の蔡温公に次いで、二例目である。久米村から国師を迎えるということは、王府としていかに久米村を重んじているかの表われであり、余も蔡温公、そして程順則親方の事積に学んでいるところである。その意味では久米村はわが師の里というべきである。官生の首里への振り分け、及び国学所の開設は、決して久米村を軽んじてのことではない。

尚温王　かえりみれば、わが琉球、この久米村のほかは学校所もなく、教育は大きく立ち遅れている。明倫堂はあくまで久米郷党の学校であり、いわゆる村学校であって、余は首里に国学所を置き、さらに首里三平等、間切々々にも村学校を設置して、広く子弟を学ばせ、そのようにして教育を興していきたいと考えている。久米の子弟も明倫堂で学び、さらに国学所で一段高い学問を身につけていけばよいのである。また国学所の教授には、久米村の碩学をお招きするつもりである。久米村も、この明倫堂における子弟の教育を充実させつつ、さらに高めていくために、国学所をともに造っていくおつもりで、ご参加いただきたい。

聴いている久米の人々――

尚温王　教育の振興は、国のいしずえである。官生を首里からも送るというのは、首里王都にも学問を押し広げ、国の力をつけていく措置にほかならない。決して久米の権利を奪うものではない。広く、教育を興していくためである。もとより、久米村は清国との架け橋であるから、特権を認めるのはやぶさかではないし、これからも久米村の役割は重要であることに変わりはなく、そのための措置もおろそかにはしない。この点に踏まえて、官生の振り分けは国都にも広く教育を興すという、大局的な立場からのものであることを、理解して貰いたい。

聴いている人々――

尚温王　さらに付け加えれば、これから興していく教育は、広く人士《じんし》を登用して国を切り開いていくためであり、すぐれた者は身分の上下にかかわらず、きっと取り立てていくであろう。たとえ首里の高い門閥の者であろうと、学問を怠り、ただ門閥の上にぬくぬくとあぐらをかき、努力せぬ者は登用しない。つまり門閥の特権としての登用はせぬ。そのような覚悟のもとで開く教育なのであり、首里門閥にも痛みを伴うものであって、官生の件もひとり久米村の特権を引き剥ぐというものではない。首里門閥も同様である。

――余から申し述べる大意は、以上である。

人々は押し黙り、平伏するのみである。

三司官　御主加那志前のお考えは以上の如くである。何か異議があれば、遠慮なく申し上げよ。御主加那志がお許しなされておる。このような機会はめったにないことぞ。

人々は平伏した姿勢のまま、伏せ目でそれぞれ見合い、促されて一人が恐る恐る顔を上げる。

村　人　あのう……

三司官　うむ、遠慮せずともよいぞ。

村　人　平等所に引っ張られた長老や村の幹部は、どうなりますのやら……。

三司官　うむ、そのことか。それについては、国師蔡世昌及び鄭孝徳殿への、投石のみならず、糞尿まで撒き散らしての度を越した暴虐ゆえ、国法の決まりによって無罪放免というわけにはいかぬが、できるだけ穏便に取り計らうつもりである。寺入り、遠島《えんとう》は免れぬが、これは形の上のことにて、その場合でも期限を限ることになろう。遠島と申しても近き離島となろう。

村人たち、顔を見合わせ、頷き合う。よかった……という安堵の雰囲気が漂う。

三司官　しかしながら、こうして御主加那志前御自《おんみずか》らの御出御あるにかかわらず、再びの騒動を企むならば、穏便な措置にも影響し、さらに断固たる処置あるべしと悟ることだ。

村人たちは、へへーッ、と平伏する。

第九幕

——首里城内
三司官が駆け込んでいく。
玉座——。

尚温王　何、国師殿が亡くなられたと？

三司官　はい、昨夜……。久米村人に殺されたようなものでございます。

尚温王　それは申すでない。うーむ……。国学所の初代学師は国師蔡世昌と決めておったが……。鄭孝徳の消息は分かったたか。

三司官　それがまだ……

尚温王　よもや殺されたのではあるまいな。

三司官　何とも……。

尚温王　今はともかく、一日も早く、鄭孝徳の行方を捜せ。国学の開学にあたり、余は学生一同、及び天下に、その意義を示す訓諭《くんゆ》を発しようと思うておる。その訓諭の文章は余の力では無理であり、漢学に深い造詣を持った久米村の碩学の手を借りねばならぬ。国師蔡世昌に起草して貰うつもりであったが……。あとは鄭孝徳がおり、官生上がりの中議大夫《ちゅうぎたいふ》らもおるが、ともかく鄭孝徳を捜し出せ。鄭が無事なら、蔡世昌に代わって、初代学師に任じようぞ。

三司官　はッ、全力を尽くして、鄭孝徳の行方を捜しまする。

尚温王　どうしても見つからぬ場合は、蔡世昌の代わりとして国学の学師が務まるような、久米の碩学を探せ。官生あがりで、要職についている者らがいよう。

三司官　中議大夫《ちゅうぎたいふ》の林家槐《りんかかい》は、蔡世昌殿も高く評価されておりました。

尚温王　彼も反対署名者の中にいるではないか。

三司官　強要されて無理矢理、署名させられたようです。署名者の中には他にも、そのような不本意な者たちがいるようです。

尚温王　よし、林家槐はすぐにも召し出せ。訓諭の起草をさせよう。そうしているうちに、鄭孝徳が加わればよいが……。

三司官　では、そのように取り計らいまする。

三司官、一礼して下がる。
尚温王、瞑目して天を仰ぐ――

（N）「鄭孝徳の消息は、結局分かりませんでした」

第十幕

――中城御殿（御書院のバリエーション）――

両ソデいっぱいに、若者たちが長机にそって整列している。若衆髷の少年たちが大半である。

正面は、玉座に尚温王、その両側に摂政、三司官、王府重役たち。

重役の手前に、学師の林家槐。

「国学」の開学式である。

三司官が進み出る。

三司官　尚温王さまの夢、ご懸案の国学所。本日ここに、めでたく開学の日を迎えた。わが琉球はじめての国学所である。講堂いっぱいに集まった若き諸君は、晴れの国学第一期生である。よく学び、人間を磨き、国のお役に立つ人間となり、この琉球の将来を逞しく切り開く気概を、高めていって貰いたい。

生徒一同、己へ決意を落とすように、頷く。

三司官　開学に当たり、とくに御主加那志前尚温王さまより、御直々《おじきじき》、御訓諭《ごくんゆ》が下される。題して「国学士子《こくがくしし》に訓飭《くんちょく》するの諭《ゆ》」――訓飭とは戒め教えるの意であり、士子とは諸君ら学生のことである。一同、心して拝聴せられよ。

尚温王、座を立ち、数歩進み出る。小姓が恭しく、袱紗《ふくさ》を載せた漆盆《うるしぼん》を捧げ持ってくる。

尚温王、袱紗を開き、書を取り出し、軽く一礼してから、朗読に入る。

（王の朗読に合わせて、ロール式字幕）

尚温王　「国学士子《こくがくしし》に訓飭《くんちょく》するの諭《ゆ》」

古《いにしえ》の学校を稽《かんが》ふるに、天子《てんし》は辟雍《へきよう》と曰《い》ひ、諸侯《しょこう》は泮宮《はんきゅう》と曰《い》ふ。皆教化《きょうか》を興行《こうぎょう》し、人材を作育《さくいく》する所以《しょい》にして、典至渥《てんしあん》なり。今予《む》が国都《こくと》は未だ学校所たる泮宮を欠く。故に今こそ、応《まさ》に国学を建て、教化を興《おこ》し、人材を育て、以て美備《びび》に至るべし。

――蓋《けだ》し古の学者は先ず品行《ひんこう》を立て、ついで諸芸に及ぶ。諸生幼《よう》にして庭訓《ていくん》を聞き、長じて郷学に列し、朝夕誦読《しょうどく》せり、寧《なん》ぞ講究《こうきゅう》なからん。必ずや躬修《きゅうしゅう》実践、廉隅《けんぐう》を砥礪《しれい》し、孝順《こうじゅん》を敦《あつ》うして以《もっ》て親に事《つか》え、忠貞《ちゅうてい》をとって以て志《こころざし》を立て、経《けい》を窮《きわ》め、業《ぎょう》を考え、荒誕《こうたん》の言《げん》を雑《まじ》ゆるなかれ。名を取り、師に親しみ、務めて憍盈《きょうえい》の気を化し、常に蕩軼《とういつ》を防ぎ、逸遊《いつゆう》を事とするなかれ。……己を行うに愆《あやまち》多く、或は蜚語《ひご》流《りゅう》言官長《げんかんちょう》を惑聴《わくちょう》し、或は私《し》を営み、媚《び》を献《けん》じ、権門《けんもん》に出入りし、或は勢豪《せいごう》に依附《いか》し、孤《こ》を欺《あざむ》き、弱《じゃく》を凌り、或は朋類《ほうるい》を招呼《しょうこ》し、党《とう》を樹《た》て、援《えん》となし、又悲しむべく恨むべきの行《ぎょう》を以て反《かえ》って計《けい》を得たりとなし、而《しか》も不公不道《ふこうふどう》の事、人を害《そこな》うを顧みることなくんば、乃《すなわ》ち此《か》くの若《ごと》きの人、名教《めいきょう》容《い》れず、郷党歯《きょうとうし》すること勿《なか》らん。

――茲《これ》より以往《のち》、名門《めいもん》と寒陋《かんろう》とを問わず、もし行《ぎょう》を積み、学を勤《つと》め、国の為《ため》に猷《はかりごと》を宣《の》ぶる者あらば、すなわち布衣《ふい》の子弟と雖《いえど》も我特《とく》に挙《あ》げて之《これ》を用《もち》いん。もし或《あるい》は検《けん》を敗《やぶ》り、閑《まもり》を踰《こ》え、明訓《めいくん》に遵《したが》わざる者は、即ち貴族の子弟と雖も我将《まさ》に退《しりぞ》け去《さ》らしめん。凡《およ》そ各学校奉行師長《ぶぎょうしちょう》並びに宜《よろ》しく諸生《しょせい》を多方《たぼう》に伝集《でんしゅう》し、董勤《とうきん》して以て予が懐《ふところ》に副《そ》うべし。否《しか》らざれば即ち職業修《おさ》むる勿《なか》れ、咎亦《とがまた》のがれ難し。予が言《げん》の不預《ふよ》を謂《い》うなかれ。爾《なんじ》多士 尚《こいねがわ》くば謹んで之を聴け。

――字幕――

国学で学ぶ諸君に教え戒める訓諭

昔の学校は皇帝が設立した学校は辟雍といい、諸王侯が設立した学校は泮宮という。

これらは皆、教育し、教化を盛んにして人材を育成することを目的としており、恵恩はこの上ない、うるおいを与えている。

しかしながら、わが国都たる首里には未だかかる学校所がなく、教化が行き届かない。ゆえに、ここに国学を立てて、広く教育を興し、人材を育て、国の力としたい。

ここにおいて、以後は、名門であろうと、身分低く貧しかろうと、そのことを問わず、修行を積み、学問を修め、国のために考え尽くさんとするならば、たとえ官位なき庶民の子弟であろうと、予は特に、これを登用するであろう。だが、逆に道を破り、努力を怠り、明訓をないがしろにする者は、たとえ貴族の子弟といえども、予はこれを退け用いないであろう。

このことを銘じて、しっかり学び、人の道を知り、国を興す力となるように――

尚温王、読み終えて、恭しく、従者に渡す。

一座、シーンと静まり返っている。

王が玉座に座すのを見届けて、三司官が、進み出る。

三司官、ざっと見渡して、

三司官 漢文ゆえ、また儒学の真髄を込めた訓飭《くんちゃく》ゆえ、諸君には難しかったと思うが、これは後に各自筆写し、意味を咀嚼《そしゃく》し、御主加那志前のお気持を深く汲み取るように。

一同、深く頷く。

三司官 次に、国学の開学に当たり、国学の理念たる扁額《へんがく》を掲げる。書は御主加那志前ご自身の揮毫《きごう》である。

士数人が、扁額を捧げ持って登場。中央まで来て、扁額を高々と掲げ披露する。

海邦養秀

思わず、生徒一同から拍手が沸き、それは全員の大きな拍手に変わっていく。

三司官　「海邦養秀《かいほうようしゅう》」――意味は説明するまでもなかろうが、海邦とは申すまでもなく大海にかこまれたわが琉球のことであり、養秀はすぐれた人材を生む意である。国学の目指すものであり、この国学の理念である。

数人がかりで、国王の背後に、扁額を掲げる。
尚温王も、身を引いて、これを眺める。
沸き起こる拍手は、鳴り止まず――

○

舞台の人々は退場し、「海邦養秀」の扁額にスポットが当たる中、エピローグへ。

エピローグ

スライドを背景に、ナレーション（N）

（N）尚温王が「国学」を開いたのは、その十五歳の時でした。その「国学」は、沖縄最初の最高学府です。尚温王は教育立国をめざして、この「国学」のもとに、村学校なども開かせ、沖縄教育振興のいしずえを築いていったのです。

「国学」開学の二年後、十七歳の時、中国清国皇帝の派遣した冊封使が来琉し、尚温王を「琉球中山王」として認証しました。冊封の式典は琉球国王一代一度の晴れやかな式典ですが、尚温王の時は、中国の前皇帝で隠居して太上皇帝となっていた乾隆帝《けんりゅうてい》が前年に崩御、清国はその喪中にあったため音曲禁止となり、尚温王の冊封式典でも、音曲は禁止され、晴れやかな冊封史上、もっとも地味なものとなりました。

冊封副使の李鼎元《りていげん》は、琉球に国学所を開くなど教育に熱心な若き尚温王を讃えて、「年は十七。温厚で重々しく、言葉少なで、儀礼はゆったりとして、しかも威厳がある。色白で、下ぶくれの顔は、福相がある」――と書いています。

一方、冊封正使の趙文楷《ちょうぶんかい》は、その容貌に短命の相を見て、観音経を写して王に呈し「朝夕、これを誦《しょう》すれば長命を得よう」と言ったそうです。王は後で近臣に莞爾《かんじ》と笑って、「人の寿命は天の示すところ。誦経《ずきょう》のくつがえすところではあるまい。冊封使の趙文楷様は科挙《かきょ》第一位の学才と聞いたが、なお誦経の惑《まど》いをお持ちと見える」と言ったということです。若干十七歳にして、神仏に頼るなという、科学的な考えを持っていたのであり、それが国学を開き、教育を興すことにつながっていたのでした。

しかし、趙文楷の懸念は当たっていました。

（スライド）
・尚温王肖像
（御後絵）

・扁額
「海邦養秀」

尚温王は冊封の二年後、嘉慶七年、一八〇二年の夏、十九歳にして亡くなりました。首の腫瘍が原因で、後の尚泰王の学問師匠となった喜舎場朝賢は「医術の遅れが原因であり、今の世ならば御命を誤るに至らず、まことに惜しむべきことである」と、才気に満ちた青年王の若き死を惜しんでいます。

尚温王が「海邦養秀」のスローガンを掲げて興した「国学」は実に琉球の公教育の原点となって後代に受け継がれ、青少年の教育を大きく育み、沖縄は教育県として、すぐれた人材を各界に輩出していきました。

現在の首里高校が、尚温王が開いた「国学」発祥の地で、首里高校では現在も尚温王筆跡の「海邦養秀」の扁額をシンボルとして掲げ、そのもとで青少年は大きな夢を描きつつ、学んでいます。

（スライド）

・学ぶ青少年

（首里高生ら）

首里高校などのアルバム、その他、高校生、青少年たちの、はじける笑顔などの

青春謳歌

現在へ――

――幕――

琉球吟遊詩人

アカインコが行く

喜屋武千恵・絵

登場人物

阿嘉（アカインコ）
チル
村掟
チルの父
チルの母
漁師
サンダー（三良）
按司掟
按司掟の部下
村頭
総代
村人たち
村の若者たち
村役人たち
子供たち

○

尚真王
王女（ウミナイビ）
侍女たち
高官たち
侍臣たち
女官たち

〈音楽＝海勢頭　豊〉

♪阿嘉《あか》のつくり人《きよ》
　饒波《あは》の　おなり子《し》や
　　えけ　はい

歌が流れて、幕が上がる——

第一幕

満月の村の野原。
若者たちのモーアシビ。
円座の中央で、阿嘉が歌い、若者たちは手拍子を添えている。

阿　嘉　（幕前からの続き）
♪昨夜《ゆうべ》　見ちゃる夢《いみ》の
　真夜中の　夢の
　夢や　跡無《あとな》もの
　夢や　失《う》せ無《な》もの

若者の一人が、チルをせっつく。
チルはもじもじと拒む。
阿嘉が歌いながら手を差し伸べる。
若者が急かす。
チルは仕方なさそうに立ち、阿嘉の側へ行く。
阿嘉は頷いて、歌い直す。

阿　嘉　♪阿嘉の　つくり人《きよ》
　饒波《のは》の　おなり

チル、阿嘉に促されて、調子を取り、踊り始める。
ヤンヤと、若者たちは拍手して囃したてる。

阿　嘉　♪昨夜　見ちゃる夢の
　真夜中の夢の——

若者1　阿嘉の歌は、ほんとにいいなァ。

娘　いつ聴いても、惚れ〳〵するわね。

若者2　おいおい、声に惚れるのはいいが、阿嘉に惚れては駄目だぞ。お前には、俺という、いい男がいるんだからな。

娘　あれ、妬《や》いてるのかい？

若者2　いや、阿嘉にだって、ホレ、あのチル小《ぐゎ》がいると言っているんだ。

若者3　阿嘉の歌もいいが、チル小の踊りもいいなァ。あれあれ、あのガマク小《ぐゎ》よ、たまらねェな。（※ガマク小＝腰）

若者2　さすが村一番のモーサー。ほんとにいいガマク小だな。

娘　この浮気者が（つねる）。

若者2　い、いや、俺は何も……。

若者1　えー、ペチャクチャとうるさいぞ。静かに歌を聴け。乳くりあうのは後にしろ。

若者2と娘は首をすくめ、顔を見合わせる。
阿嘉の歌と、チルの踊りが続いている——

♪夢《いみ》や　跡《あと》無《な》もの
夢や　失《う》せ無《な》もの
ゑけ　はい
夢や　失せ無もの……

愛々《かながた》と踊る阿嘉とチル（歌は録音で背後で流れている）。
いつしか、二人だけの世界に——。
幻想的な月明かりの中、抱き合っている二人。
チルは、阿嘉の胸の中で、泣いている。

阿嘉　どうして泣くんだ。

チル　だって……（ひしと、しがみつく）。

第二幕

チルの家（夜）。

父　えーチル。近頃、阿嘉と夜遊びして歩いているというが、ほんとうか。

チル　…………（身をすくめている）。

父　お前には、村掟《むらうっち》様から、後添《のちぞ》えにと話がきていること、よもや忘れたわけではあるまい。身を慎《つつ》しまんと。

母　ほんとだよ、チル。気をつけないと。村掟様に知れると、どんなことになるか。

父　な、何だと？

チル　（決心して顔を上げ）スウ、アンマー。村掟様の話は、断って下さい。（※スウ＝父、アンマー＝母）

チル　うちは……うちは、阿嘉アヒーと、一緒になりたい。（※アヒー＝兄）

父　何を寝ぼけたことを。あのヒンスー阿嘉と、一緒になりたいだと？（※ヒンスー＝貧乏）

チル　（頷いて）うちはもう、阿嘉アヒーと……。

父　お、お前、まさか……。

母　身を、許したと言うのかい？

チル、頷く。

母　呆れた子だね。

父　何という、ふしだらか。嫁入り前の娘が。

殴りかかる。

母　あんた！（と、止める）

父　許さん。今さらどの面下げて、村掟様にお断りができると思うのだ。阿嘉とは別れろ。お前は村掟様のところへ行くのだ。

チル　でも……うちはもう……。

父　阿嘉に身体を許したことか。ふしだらはふしだらだが、過ちと思って、もう忘れろ。阿嘉は所詮、ヒンスー者《むん》、そのへんの犬コロと同じだ。アカインクヮだ。
（※アカインクヮ＝赤犬子）

チル　ひどいよ、スウ、そんな言い方……。

父　何がひどいものか。阿嘉と一緒になって見ろ。たちまちヒンスー、苦労するばかりだ。

母　そうだよ、チル。スウの言う通りだよ。大事な娘を、わざわざヒンスー苦労させる親がいるかね。後添えといっても、村掟様なら玉の輿。何の不自由もなく暮らせるんだからね。この家のためにもなるしさ。

チル　アンマー……

チル、ワッと泣いて、裏座へ逃げる。

○

家の外――。

阿嘉がやってきて、何やら中で揉めている様子に、つい戸口に耳を当てて、窺う。
そこへ、提灯を下げた村掟が、現れる。
阿嘉の様子を窺って、

村掟　おい、おい――。

阿嘉　（ギクッ、と振り返り、透かし見て）あ、村掟様……。

村掟　（窺い見て）ほう、どこの泥棒猫が、人の家を窺っているかと思えば、お前は阿嘉ではないか。

阿嘉　…………

村掟　ははー、さては、チルに夜這《よば》いでもしようと忍んできたか。

阿嘉　い、いえ……。

村掟　ま、隠さんでもいいさ。近頃、チル小の尻を追っ掛け回しているとの噂だが、ほんとだったんだな。

阿嘉　……（唇を噛む）。

村　掟　だがな、阿嘉よ。チルはわしの後添えになることが、決まっているのだよ。

阿　嘉　えッ、まさか？

村　掟　チル小から聞いていないのか。ま、それはいいが、わしの妻となるチルに、夜這いをかけようとはな。

阿　嘉　な、何も俺は、夜這いなど……。

村　掟　言い訳せんでもいいさ。だがな、婚姻の定まった女への夜這いは、不義密通と同じだ。重い罪となるのだぞ。

阿　嘉　…………

村　掟　ま、わしとのことを知らなかったようだから、今夜のところは大目に見てやるがな。しかし、気をつけることだ。

阿　嘉　…………

村　掟　それはそうと、阿嘉よ。お前の年貢が、随分と滞っているな。

阿　嘉　申し訳ありません。今年は旱魃が続いて、凶作に……。

村　掟　何、旱魃で凶作だと？　村の者たちは皆ちゃんと納めているではないか。お前ひとりが納められないわけはなかろう。しかもお前は一人者ではないか。ふん。女の尻を追っ掛け回しているから、仕事も手につかないのだ。

阿　嘉　俺は、何も……。

村　掟　言い訳は無用だ。盛りのついた犬コロみたいに、夜這いしている暇があったら、行って働け。夜も働かんと、たまった年貢は納めきれんぞ。夜ダコでも、獲りに行け。米の代わりに、夜ダコでも納めろ。

阿嘉、こぶしを握りしめ、村掟を睨み上げる。
――と。
ガラガラと戸が開いて、チルの父が出てくる。

チルの父　（村掟を認めて）お声がすると思ったら、やはり村掟様でございましたか。

村　掟　おお、カマダー。尋ねてきたら、夜這い犬がいたのでな。

父　（振り返って）何だ、そこにいるのは阿嘉ではないか。夜這いだと？　おのれ、チルをたぶらかしにきたか。帰れ、帰れ。

シッ、シッと、野良犬を追い払うように、手払いする。
阿嘉は、唇を噛みしめて、去る。その背へ、

父　夜這いインクァが、シッシッ。

村掟　アッハハハ……。

家の中では、泣き崩れているチル……。

第三幕

海辺——。

臼太鼓《うすでーく》と、小さな風呂敷包みを背負って、放浪していく阿嘉。乱れた髪を後ろでたばね、髭も伸び、着物はヨレヨレに汚れて、すっかり乞食放浪の風体。

海辺へ出る。

海へ入って、ウニを獲り、割って、指で掬い食べる阿嘉。

砂浜に、疲れた身体を投げ出す。

ピックーイ——

鷹の鳴き声。

阿嘉　落ち鷹か。仲間はぐれ。（自嘲を込めて）俺と同じだな……。

ピックーイ、ピックーイ……と、鷹の鳴き声、遠ざかる。

阿嘉、背を起こして、海を眺める。

波の音……。阿嘉、それに乗せて、歌い出す。

♪昨夜　見ちやる夢の
真夜中の　夢の
ゑけ　はい
夢や　跡無もの
夢や　失せ無もの
おなり抱ちへともて
つくり抱ちへともて
ゑけ　はい
夢や　失せ無もの……

阿嘉、海へ小石を投げる。

後ろの岩陰から、白髪まじりの中年の男（村頭《むらがしら》）が懐手で現れる。

村頭　いい声だな、兄さん。

阿嘉、びっくりして振り返る。

男、つかつかと寄って、

村頭　さっきから、あの岩陰で聴いていたのだがな。実にいい声だ。惚れ〴〵と聴いていたよ。

阿嘉　少しも気づきませんで……。

村頭　いやいや、たいしたものだ。旅をしているのかな（と、阿嘉の汚れた風体を眺め渡す）。

阿嘉　ええ、まァ……。

村頭　そのご様子では、だいぶ苦労してきたようじゃな。海へ入って、ウニなど獲って食べているのも、見てしまったよ。よほどお腹が空いているんだね。

阿嘉　どうも、お恥ずかしいところを……。

村頭　何、何（と、阿嘉の側に並んで座って）、歌に聴き惚れながら考えたんだがね、実は明日、わが家で祝事《すーじ》があるんだ。ニービチで、嫁が来るのだ。どうだろう、一つ、めでたい歌など、花を添えてはくれまいか。お礼はするよ。（※ニービチ＝結婚式）

阿嘉　お祝付《えっ》き歌《うた》を……。

村頭　わが村には――いや、わしは村頭をやっているんだがな、村には、いい歌者《うたしゃ》がいなくてな。

阿嘉　実はこうして、さまよい歩いているのは、旅回りのお祝付《えっ》きでもしようかと……。

村頭　ほう、それはまた、願ってもない。

阿嘉　でも、まだこれからというところですが……。

村頭　それだけの美声なら、立派なお祝付きになれよう。わが家で、そのお祝付き始めをして下され。

阿嘉　いいんですか。

村頭　いいも悪いもない。さ、行こう。今宵はわが家で、ゆっくり旅の汗でも流して、くつろいでからじゃ。

村頭は立ち上がって、もう歩き出す。
阿嘉は慌てて、砂浜に放り出していた荷物を担いで、後を追う。

――暗転――

阿嘉、臼太鼓を手に現れる。髭も剃り、さっぱりした姿――。

阿嘉の声　阿嘉のお祝付《えっ》きが、きょうの吉《よ》き日を、ことほぎたてまつる――。

阿嘉、臼太鼓を叩き、晴れやかに歌い出す。
結婚式の祝の座。

阿嘉の歌

♪今日の吉る日に
今日の勝る日に
　ゑけ　はい
今ど　世は勝る
歓へ欲しやの　誇り欲しやの
お顔　拝で
御神酒の数
世の清水　出ぢやちへ
神てだの揃て
守りよわちへ

歌う阿嘉。

第四幕

歌が流れている。
「勝連まみにやこ」の歌――

♪勝連まみにやこは　やでおちへ
中百名まみにやこは　やでおちへ
昼なれば　肝通い通て
夜なれば　夢通い通て

歌いながら、野道をさすらっていく阿嘉。
村人たちが、指さして頷いたりしながら噂し合う。

「アカインコだ」
「お祝付きだ」

中には手を上げて見送る者も。
阿嘉、手を上げて会釈を返しながら、歌っていく。

♪西道の　謝名道る　行きやしゅ
東道の　屋宜道る　行きやしゅ
東道い　屋宜の思いぎや　待ち居り
西道や　謝名思いぎや　待ち居りいぢや
屋慶名中道ぢよ　行きやしよ

「アカインコだ！」

子供たちが、ゾロゾロと従いて行く。
子供たちに歌って聴かせる阿嘉。

○

海岸の岩場。
冬、風がヒューヒュー吹き渡っている。
漁師が、十二、三の子供を、蹴飛ばしている。

漁師　このヤナワラバーが。何という臆病者か、お前は。海に潜るのが怖いだと？　えー、お前のようなワラバーを、飢饉の村から、お金を出して買ってきたのはな、海仕事をさせるためだろうが。そのお前が、海を怖がっていたんでは、話にならん。このクソワラバーが。　（※ヤナワラバー＝悪童、くそがき）

子供を蹴り上げる。子犬のように転がる子供。
阿嘉、通りかかって、物陰から様子を見ている。

漁師　一度くらい、溺れて死にかけたからといって、もう潜れないとは何だ。海の男は な、誰でも、何度も、死を見てきたんだ。暴風、荒波、遭難はつきものだ。それを乗り越えてこそ海の男というものだ。さァ、潜れ。アワビやサザエを採ってこい。魚を突いて来い。こういう荒れた日こそ、獲物は高く売れるんだ。

漁師は子供のエリ首をつかまえて、崖っぷちへ引きずっていき、銛を押しつける。
子供は銛を抱いて、こわごわと、崖っぷちを覗く。
打ち寄せる波の音、ヒューヒューと北風の音……。
子供は、怯えて尻込みし、力も抜けて銛を落とし、へたり込む。
漁師は舌打ちしながら、その首根っこをわしづかむ。

漁師　ヤナワラバーが。飛び込まんか。これぐらいの波が何だ。
子供　お、親方、許して、許して……。
漁師　お前は、お前は！

漁師はさらに子供を蹴転がす。
阿嘉、物陰から出る。

阿嘉　おい、親方――。

漁師、ギョッと振り返る。
阿嘉、つかつかとその前へ出ていく。

阿嘉　子供がこんなに怖がっているのに、無理やりに過ぎるのではないか。
漁師　な、何を？（振り返り）何だテメエは。
阿嘉　旅の者だが……。
漁師　旅の者だと。わけも知らぬ者が、口を出すな。
阿嘉　お祝付《えっ》きのアカインコともいうが……。
漁師　お祝付きだと？　アカインコだと？　噂のアカインコというのは、テメエか。赤犬の子なんかに用はない。とっとと失せろ。
阿嘉　さっきから見ておれば、こんな小さい子供を、殴る蹴るは、かわいそうではないか。

漁師　テメエの知ったことか。この子はな、海仕事をさせるためにな、

阿嘉　買って来たというんだろう。すっかり聞いていたよ。

漁師　だったら文句があるか。飢饉の村から人助けに買ってきたんだ。

阿嘉　買ったのは人助けかも知れんが、殴る蹴るは人助けと言えるかな。

漁師　ウッ……。

阿嘉　見ればこの子は、まだ十二、三。溺れて死にかけたと言っていたが、海を怖がるのは無理もあるまい。それにこんなに寒く荒れた海だ。親方の扱いは無慈悲というものではないか。

漁師　な、何を！

漁師、いきなり殴りかかる。
阿嘉はヒラリとかわし、漁師はトトト……とつんのめる。
立ち直ると、漁師は子供が落とした銛をつかんで、「クソッ！」と突きかかる。
阿嘉、胸を開いてかわす。

阿嘉　どうも、乱暴なひとだ。

漁師　しゃらくせー！

漁師、また突きかかる。
阿嘉、かわして、その手を手拳で打つ。
ウッと呻いて、銛を落とす漁師。
阿嘉はすばやくその銛をつかみ、漁師へグイと突き出す。
漁師は「ヒッ」と叫んで、後ずさりする。
阿嘉は銛を構えてグイグイと進む。

漁師　ま、待ってくれ。わ、分かった。もうしない。子供に乱暴はしない。

阿嘉　約束するか。

漁師　約束する。

阿嘉　しかし、私が去れば、腹いせに、よけい、この子に八つ当たりしような。お前のような乱暴者のところには、この子は置いておけぬな。それにこの子は、海を怖がって、とても海仕事には向かないだろう。よし、この子は私が買って行こう。どうだ、異存があるか（グイと銛を突き出す）。

漁師　ない、ない。売ろう、売ろう。
阿嘉　（子供に）私と一緒に行くか。
子供　うん！（頷く）。
阿嘉　よし。（漁師に向き直って）どうせ人の弱みにつけ込んで、安く買い叩いてきたんだろうが。
阿嘉、懐から巾着を出して、チャリンチャリンと銭を漁師の前へ投げる。
阿嘉　これでどうだ。これでも多かろう。
漁師、巾着を拾い、中身を見る。
漁師　多い、多い、い、いや十分だ。
阿嘉　それからな、この子の代わりに、また子供を買うだろうが、これからは親となって、いたわりながら働かせることだ。
漁師　そうする、そうする。
阿嘉　嘘じゃあるまいな。
阿嘉、グイと銛を突き出し、漁師はヒッと身を引く。
阿嘉　天が（と空を指して）見ているぞ。また私も回ってくるからな。
漁師　わ、分かった、決して子供に乱暴しない。
阿嘉　よし。それ、受け取れ。
阿嘉は銛を漁師に投げ渡す。漁師はヒッと反射的に受け取る。銛を手にしても、漁師はもう、反撃の気も失せている。
阿嘉は子供を促す。
阿嘉　さ、行こうか。
子供　うん……。
阿嘉　名は何という？

子供　サンダー。

阿嘉　サンダーか。（漁師に）連れて行くぞ。

漁師　い、いいとも……。

阿嘉、子供を連れて、跡は漁師を振り返りもせずに、去る。
呆然と見送る漁師。

第五幕

読谷山、村掟の家（村番所）。
村掟が、目を血走らせて、荒々しく帰ってくる。

村掟　チルー、チルー！（ドタッと座りながら）酒を持って来い、チルー!!

慌てて出てくるチル。

村掟　酒だ。早く持ってこい!!

チル　は、はい……（慌てて引き込む）。

村掟　（独り言）くそ、頭にくる。（奥へ向かって）えー、チルー、早く酒を持って来んか。

チル、盆に壺と猪口《ちょこ》を載せて出てくる。
村掟、それをひったくるように取って、ドボドボと酒を注いで、呷《あお》る。
チル、腫物に触るように、オドオドと村掟を見て、

チル　いったい、どうなさったのですか。

村掟　どうしたのかだと？　これが飲まずにおれるか。

乱暴に酒を注いで呷る。
チル、なすすべなく、ただハラハラして見ている。

村掟　やい、チルー。（ドロンと座った白目で、チルを憎々しげに見上げ）こうなったのも、みんな、お前のせいだぞ。

チル　いったい、何のことです？

村掟　按司掟様から呼び出されて行ってみれば、何だったと思う。わしはお役御免だ。もう村掟ではない。

チル　えッ？

村掟　お前とあいつのせいだ。あのインクァ阿嘉めのな。

チル　い、一体、何のことでございますか。

村　掟　あのインクァはな、今はアカインコなどと名乗って、村々を回ってお祝付《えっ》き歌を歌って歩いているそうだ。首里の王府から、旅回り勝手と許されてな。

チ　ル　えッ、村を出て行った、あの阿嘉アヒーがですか。

村　掟　そうだ。首里の王府も認めたアカインコを、わしが村から追い出したとして、わしはお役御免になったのだ。

チ　ル　…………

村　掟　あいつのせいだ。あいつは自分で勝手にシマ抜けしたのだ。わしが追い出したのではない。それなのに、わしが責められるのは合点がゆかぬ。シマ抜けだけでも大罪だというのに、そのシマ抜け阿嘉は認められて、わしが責任をとらされるのはあべこべではないか。そうだろうが。あいつのせいで、わしは何もかも失ってしまった。インクァめ、ただではおかない。

（※シマ＝島、村）

チ　ル　…………

村　掟　なぜ黙っている。お前、シマ抜け阿嘉が、首里から許されたと聞いて、うれしいだろう。え？

チ　ル　わたし、そんなこと……。

村　掟　今でもお前、阿嘉めのことが、忘れられないんだろう。

チ　ル　い、いいえ……。

村　掟　嘘をつけ。わしには分かっていた。わしに抱かれながらも、お前、少しも嬉しそうでなかったのは、いつも阿嘉のことを考えていたからだろうが。

チ　ル　ち、違います……。

村　掟　えーい、そうに違いない。それとも、お前、とうに知っていたんではないか。阿嘉は旅回り勝手。この村にもひそかに来たりしていたかも知れん。そのたびにお前、わしの目を盗んで、ひそかに阿嘉に会ったりしていたんではないか、え？

チ　ル　い、いいえ、知りません。

村　掟　嘘つけ。きっとそうだ。お前はわしを裏切っていたのだ。

チル　違います。

村掟　何が違うものか。くそ。こんどのことも、きっと阿嘉めが、わしを追い落とすために企んだに違いない。お前をわしから奪い、自分の女にするためにな。お前ら、示し合わせていたんだろう？

チル　そ、そんなこと……

村掟　空とぼけおって。

チル　ほんとに、わたしは何も……。

村掟　えーい、この期《ご》に及んで、まだわしを騙《だま》そうとするか。

村掟、パンと、チルの顔を平手で打つ。
チル、あッ、と叫んで、よろめき倒れる。
村掟はチルに構わず、荒々しく裏座へ行き、刀を持ち出してくる。
チル、びっくりして逃げようとする。
その着物の裾を、村掟は踏んづけて、ギラリと刀を抜き放つ。

村掟　チル。よくも長い間、わしを欺いてきたな。こうなったら、お前を刺し殺し、それから阿嘉めを捜し出して、道連れにしてやる。

チル、必死に着物の裾を村掟の足から抜き、逃れようとする。
村掟は躍り上がって、チルのエリ首をつかみ、クルリとその身体を回して、グイッとその胸を突き刺す。
崩れ落ちるチル。
村掟は完全に狂気となって、目をギラつかせて、空を睨む。

村掟　おのれ、阿嘉インクァ……。

風が出て、嵐となる。
稲妻が走り、雷鳴がとどろく。風雨がつのる。
暗闇の中、吹き荒ぶ嵐――。

第六幕

チッ、チッ……と、雀の鳴き声がして、嵐が明ける。
村――。
あたりを見回しながら、阿嘉とサンダーがやってくる。

サンダー　ひどい嵐だったね、お師匠様。

阿嘉　家々もあんなに倒れてしまっている。田畑の被害もひどい。まもなく飢饉になるな。

サンダー　村人たちが集まっているよ。

阿嘉　行ってみよう。

村の広場。
村人らが集まり、村総代の老人が、役人に訴えている。

阿嘉とサンダー、回り込んで村人たちの後ろに付く。

総代　どうか、按司掟《あじうっち》様。台風で村はこんな有り様。もう飢饉が始まっています。年貢はお見逃し下さい。

按司掟　台風はこの琉球ではつきものだ。台風のたびに年貢を見逃していたら、国は成り立たぬ。何があろうと、年貢は義務だ。

総代　ですが、こんどの台風はことにひどく、田畑は全滅。年貢どころか、明日から何を食べればいいのか。どうか、間切蔵《まぎりぐら》を開けて、米粟《こめあわ》をお恵み下さい。

按司掟　それはできぬ。

按司掟の視線が、ふと、片隅にうずくまっている娘に止まる。
按司掟の顔が緩む。

按司掟　できぬが……。

按司掟、傍らに控えた部下を手招いて、その耳に何事か囁く。
部下は頷いて、それを村総代の耳に伝える。

総代　えッ？（後ろを振り返って娘を見、それから顔を按司掟へ戻し）で、ですが、あの娘はこ

部　下　の間、ニービチしたばかりで。ほら、あの隣の青年がその若夫で…。

総　代　ですが……。

部　下　按司掟様のご所望ぞ。按司掟様の間切回りで、村々で夜伽《よとぎ》を出すのは慣例。こんどはその上に、蔵まで開け、米粟を恵むのだぞ。

総　代　どうか、あの娘だけは……。

部　下　聞き分けのない。どういうことになるか、後悔するぞ。よいか、今宵の夜伽はあの娘に申しつけたぞ。きっと連れて参れ。

総　代　…………（弱り切って村人たちを振り返る）

村人の背後に控えていた阿嘉、すっくと立つ。

阿　嘉　お役人――。

部　下　な、何だ、お前は。

阿　嘉　旅回りの者だがな。

部　下　風来坊なんかに用はない。すっこんでいろ。

阿　嘉　そうはいきませぬな。村人の難儀を救うのが按司掟のおつとめ。この飢饉の時こそ、その時であろうに、村人の今際《いまわ》の訴えに耳を貸すどころか、様子を見ていると、今宵の夜伽を強いていると見えるな。

部　下　な、何だと？　やい、口が過ぎようぞ。聞き捨てならん。

阿　嘉　飢饉の難儀を見捨て、役得とばかりに夜伽を求めるなど、この間切の按司掟様の横暴こそ、許せぬことだ。

按司掟　な、何だと！（思わず立ち上がり、ぶるぶると拳をふるわせ）そ、そやつを召し捕れ！

部　下　あ、按司掟様を誹謗《ひぼう》すること、許さん。そやつを、召し捕れ！

部下は周囲に六尺棒を持って警護していた部下らに指図する。

部下ら五、六人、村人の中へ躍り込み、阿嘉を取り囲む。

阿嘉、身構える。

部下の一人が棒をふるって、阿嘉に襲いかかる。

阿嘉、手拳でその手を打つ。

ウッ、と呻いて棒を落として、手をかかえてうずくまる部下。

阿嘉、すかさずその棒を拾い上げ、残りの部下らへ構え、グイと進む。ヒッ、と退く部下ら。

部　下　お、おのれ！

刀を抜き、阿嘉に斬りかかる。

阿嘉、棒でその刀を叩き落とすと、その刀も拾い上げる。

右手に刀、左手に棒を持ち替えて、部下に迫る。
ワ、ワ……と、尻もちをついて、必死に手で制する部下。

按司掟　おのれ、手向かうか！

刀を抜いて、阿嘉に迫る。

阿嘉、棒を捨てて、刀を構える。

斬りかかる按司掟。払いのける阿嘉。

二合、三合斬り結び、阿嘉、隙を見て、按司掟の刀持つ手を、手拳で打つ。

ウッ、と呻いて、刀をポトリと落とす按司掟。

手拳で打たれた手をさすりながら、後ずさりする按司掟に、グイ、と刃を突きつけて迫る阿嘉。

追い詰められる按司掟。

按司掟　ま、待て、待て（と、手で制する）。

阿　嘉　待てとな。命乞いか、按司掟殿。

按司掟　わ、わしを斬ったら、どうなると思う。

阿　嘉　そうですな、私も死罪は免れますまいな。しかし、私は風来坊。命など惜しくはない。いや、どうせ死罪なら、道連れに、おぬしの素っ首、叩き斬ってやろう。民人に難儀をかける按司掟を、許してはおけぬからな。

按司掟　待て、待て。

阿　嘉　どうなさる？

按司掟　わ、悪かった。許してくれ。

阿　嘉　ここでおぬしを許せば、こんどは私が追われ、死罪となってしまうだけだ。

按司掟　お、追わせない。そなたの罪は問わぬ。なかったことにする。

阿　嘉　急場凌ぎに、騙そうとしても駄目ですな。

按司掟　ほんとうだ、神に誓う。なかったことにする。

阿　嘉　（考えてから）神に誓うと申されるなら、信じようか。村の衆（村人たちを省みて）、今の按司掟様のお言葉、皆もしかと聞いたでしょうな。

村人たち、頷く。

阿　嘉　よし、村の衆が証人だ。もし今のお言葉、ひるがえすなら、按司掟殿のおふるまい、広く世間に吹聴して回る別の方法を、私は持っているが。

按司掟　そなたは一体……。

阿　嘉　お祝付きのアカインコというものだ。

按司掟　な、何、アカインコ……。

村人たちに、ざわめきが起こる。
「アカインコだ」
「あれが噂の……」
などと、ささやき合い、目を瞠る。

阿　嘉　そう、そのアカインコだ。いろんな歌を作り、村々を歌い回っている。首里の王府からも旅回りを許されている。按司掟殿が今のお言葉、守らなければ、私は歌でそのことを歌い回ることになる。さぞかし、按司掟の悪評は天下に広がるであろうな。

按司掟　わ、分かった。嘘は言わぬ。誓いは守る。

阿　嘉　誓いというのは、きょうのことを不問に付すというだけでは意味がない。

按司掟　どういうのだ。

阿　嘉　むろん、間切回りで、今後は、村の女を夜伽に求めたりしないこと。

按司掟　もう、求めない。

阿　嘉　それと、さっきから村人が懇願しているように、もう飢饉は始まっている。早く間切蔵を開けて村々を救済すること。緊急の事態だ。首里でも認めてくれよう。いや、首里はそなたの責任で説得して貰いたい。本来なら私の手で死んだ命。そのつもりで命に替えて、首里には訴えて貰いたい。

按司掟　分かった、命をかけてやろう。

阿　嘉　それから、年貢のことも情けをかけて貰いたい。

按司掟　承知した。

阿　嘉　分かりました。信じましょう。

阿嘉、村人たちを振り返る。

阿　嘉　村の衆、お聞きの通りだ。按司掟殿は必ず、村を助けるために、力を尽くして下さいましょう。皆、力を合わせて、よき村をお作りなされ。按司掟殿（振り返り）、お頼みしましたぞ。

按司掟　分かった。

阿嘉、村人を振り返って頷き、サンダーを促して、村を去る。
サンダー、誇らしげに、阿嘉を見上げて、ついていく。
その阿嘉とサンダーの後ろを、ひそかに付けていく黒い影。
髪を振り乱し、髭も茫々、着物も汚れ、乞食放浪の姿であるが、あの読谷山の村掟である。

第七幕

夜道――。
臼太鼓を叩いて行くサンダー。
阿嘉、ニコニコとそのサンダーを見て、叩き方を教えたりする。
父と子の雰囲気。
その時――。
闇の中から、黒いケモノが躍り出る。
ケモノではなく、あの読谷山の村掟である。
驚いて、身を引く阿嘉とサンダー。
阿嘉は反射的に、サンダーをかばう。

村掟　阿嘉のインクァ！
阿嘉　何者だ？
村掟　見忘れたか、阿嘉。わしだ（乱れた髪をからげて顔を見せる）。
阿嘉　はて？
村掟　読谷山阿嘉の村掟よ。
阿嘉　何？（しげしげと透かし見透かして）声は確かに覚えがあるが……。
村掟　変わり果てたというのだろう？　そうよ、わしはすっかり変わってしまった。それもこれも、貴様のせいだ。
阿嘉　どういうことです？
村掟　貴様のシマ抜けの責めを負って、わしはお役御免となったのだ。貴様に仕返しをせずには、気が治まらず、こうして、追ってきたのだ。
阿嘉　チルは？
村掟　やはり気掛かりか。しかし、もう会うことはできないぞ。この手で刺し殺してきたからな。
阿嘉　な、何と？
村掟　チルめは、貴様のことが忘れられず、わしを裏切っていたのだ。貴様らわしの目を盗んで、密かに会ったりしていたのだろうが。

阿嘉　何を、バカなことを……。

村掟　白ばくれても駄目だ。わしには分かっているんだ。

阿嘉　俺は村を出てから、一度も読谷山には戻っていない。

村掟　嘘をつけ。聞けば、首里からも認められて、旅回り勝手を許されたというではないか。どこへでも自由に行けるんだから、チルに会いに来ないわけがない。

阿嘉　…………（持て余す）。

村掟　シマ抜け罪人の貴様が首里に許されて、このわしはその貴様のせいで、このありさまよ。あべこべだ。首里が貴様を罪に問わぬなら、わしの手で片づけるまでだ。覚悟しろ。

村掟は、抱えていた菰《こも》包みから、刀を抜き出し、鞘を払う。

阿嘉　ま、待って下さい。村掟様は、何か勘違いをなさっている。

村掟　もう村掟ではない。勘違いもない。何もかも貴様のせいだ。許さん。

村掟もやみくもに斬りかかる。
阿嘉は、ヒラリとかわす。
村掟はよろめいてから向き直り、また斬りかかるが、鋭さはなく、何だか、ヨロヨロしている。
阿嘉は軽くかわしていく。

阿嘉　待って下さい。

村掟　覚悟しろ！（よろけるように、刀をふりかざす）

阿嘉　（軽くいなしながら）逆恨みも、ほどほどにして下さい。

村掟　逆恨みだと？　正恨《まさうら》みだ。

阿嘉　村掟様はどうかしておられる。逆恨みの果てに、あのチルまで手にかけたとは……。

村掟　貴様と乳くりあったチルだ。殺さないでか。

阿　嘉　何と？　……確か、チルの前妻との子もあったはずだが……。

村　掟　捨ててきた。

阿　嘉　村掟様……。

村　掟　えーい、死ね！（刀をふりかざす）

阿嘉、難なく村掟を抱え込み、刀をもぎ取る。
ゼイゼイと、肩で荒い息をする村掟。

村　掟　お、おのれ、は、放せ！

阿　嘉　お聞き分けもない。いい加減に、妄想をさましたらどうです。

村　掟　な、何を、偉そうに（もがくが、ガッシリ阿嘉に組み止められて、身動きもとれない）。

阿　嘉　村へ帰り、チルをねんごろに弔ったらどうです。子供たちも待っていましょう。

村　掟　うるさい。

阿　嘉　村掟様……。

ゼイゼイ、息を吐く村掟の様を見て、阿嘉ははがい締めを解く。
村掟は、力なく崩れ落ちる。

阿　嘉　私を仇と思うて追ってくるなら、お好きになさるがいい。

阿嘉、サンダーを促し、村掟をその場に置いて去る。

村　掟　（恨めしげに阿嘉の背を睨み上げて）おのれ、阿嘉インクァー。覚えておれ、必ず……。

阿嘉、振り返りもせず立ち去る。
野を行く阿嘉とサンダー。

サンダー　どうして、やっつけてしまわなかったの、お師匠様。あの村掟、またお師匠様をつけ狙って、どこまでも追ってくるよ。危ないよ。ここでやっつけてしまえばよかったのに……。

阿　嘉　あの村掟は、病んでいる。斬りかかる力もなかった。いや、すっかり狂ってしまっている。ただ、逆恨みだけつのらせて、それが辛うじて命の灯をつないでいるのだ。

放っとけ。

阿嘉、立ち止まって振り返る。

阿　嘉　しかし、あの村掟のなれの果て、哀れなことだ……。
――それにしても、かわいそうなのは、チル小よ……。

阿嘉、暗い夜空を見上げる。
その空に、チルの面影が浮かぶ。

チ　ル　アヒー……。

阿　嘉　チル……。

チルの面影、消える。
阿嘉は、静かに合掌する……。
村役人二人登場。
ヨロヨロと立ち上がって去る、乞食のような村掟の後ろ姿を、怪訝に見遣ってから、
立ち去る阿嘉を追い掛ける。

村役人1　あいや、そこを行かれるのは、アカインコ殿ではありませんか。

阿嘉とサンダー、立ち止まって振り返る。

阿　嘉　はい、阿嘉ですが……。

村役人1　あ、これはよかった。わしはこの村番所の者ですが、あなたを捜し回っていたところです。

阿　嘉　私に、何か？

村役人1　はい、首里御城《うぐしく》から、お手配が回ってきております。

阿　嘉　何、手配？　私を捕らえろと？

村役人1　あ、いやいや、捕えよというのではなく、首里御城へお連れしろと。

村役人2　御主加那志前《うしゅがなしめー》が、あなたの歌をお聴きになりたいと、各番所に、そなたを捜すようお手配が回っているのですよ。

阿　嘉　御主加那志前が、私の歌を聴きたいと？

驚いて顔を見合わせる阿嘉とサンダー。

村役人1　あなたの歌の評判は、首里まで聞こえているのですよ。

サンダー　お師匠の前!!

サンダー、飛び上がって喜ぶ。

村役人1　さ、これより、御城へご案内致します。

役人二人、先に立つ。
逡巡する阿嘉を、サンダーが引っ張る。
役人が振り返って、促す。

サンダー　さ、お師匠の前、参りましょう、首里御城へ！

阿嘉は、気持を落とすように頷いて、役人に付いて行く。
サンダーがじゃれるように、喜び跳ねて行く。

第八幕

首里城内。
一方に近臣ら、一方に女たちが、ずらりと居並んでいる。
中央に阿嘉――。
「お成り――」
の黄色い声とともに、一同、平伏する。
尚真王が、出御する。

尚真王　（着座して）一同、面《おもて》を上げよ。

皆、姿勢を起こすが、阿嘉はまだ伏せている。
白髪の老臣が、阿嘉に声を掛ける。

老　臣　お祝付きアカインコ、面を上げてよいぞ。

阿　嘉　はッ（姿勢はそのままに顔だけ上げる）。

尚真王　そちが、お祝付きアカインコか。

阿　嘉　はッ（とまた平伏する）。

尚真王　よいよい、面を上げたままでよい、直答《じきとう》を許す。

阿嘉、顔を上げる。

尚真王　そちの評判は聞いておる。旅回りで、お祝付きのみならず、村人の難儀も色々と救っておるようじゃな。

阿　嘉　勝手な振るまい、お許し下さい。

尚真王　何、それはそれで、十分に報賞に値しよう。これについては、あとで三司官から沙汰させよう。それとは別に、余は評判のそちの歌を、一度は聴いてみたいと思うてな、捜させたのじゃ。余のこともあれこれ歌っておるというではないか。

阿　嘉　申し訳ございません。

尚真王　いやいや、咎めておるのじゃないぞ。どうじゃ、それらの歌を、余にも聴かせてくれぬか。きょうはそのために、女衆も皆、集まって貰った。耳薬《みみぐすい》にと思うてな。

阿　嘉　はッ……。

老　臣　さ、阿嘉。歌って見よ。遠慮せずともよいぞ。

阿　嘉　はッ。――お耳汚しにならなければよいのですが……。

尚真王　旅回りのお祝付きのように、立って歌ってよいぞ。

阿　嘉　はッ。恐れ多いことながら、それでは――。

阿嘉、平伏してから、立ち上がる。
持参した臼太鼓を静かに叩いて拍子を整える。
そして、王に一礼してから、歌い出す。

♪阿嘉のお祝付きや
饒波のお祝付きや
十百歳す　ちよわれ
首里杜　ちよわる
おぎやか思い加那志
天に照る　星しよ
星しゆ　算しよわれ
下の世の主の
按司の又の按司や
島世揃えて　みおやせ

歌い終わって、阿嘉は膝をつく。
王、感激して、思わず拍手する。
王に続いて、座の一同もいっせいに拍手する。
その中に、ひときわ感極まった表情のウミナイビ（王女）。十五、六歳――。

尚真王　見事じゃ。余のこと、そのように歌っておるのか。

阿　嘉　勝手に歌いまして、申し訳ございませぬ。

尚真王　よいよい。

老　臣　ほかにも数々、首里御城を讃え、御主加那志前を讃えるオモロ歌を歌っていると
のことでございます。

尚真王　さようか。村々での流行り歌も聴いてみたいな。一つ歌って見よ。

阿　嘉　はい。それでは（また立ち上がって、臼太鼓を叩き出す）。

♪勝連まみにやこは　やでおちへ
中百名まみにやこは　やでおちへ
西道の　謝名道る　行きやしゆ
東道の　屋宜道る　行きやしゆ
東道い　屋宜の思いぎや　待ち居り
西道や　謝名思いぎや　待ち居り
いぢや　屋慶名中道ぢよ　行きやしよ

阿嘉が歌っている間、ウミナイビが燃えるように阿嘉を見つめている。

尚真王　アッハハハ……。それは色男の歌じゃな。

阿　嘉　お耳汚しの戯れ歌にござりました。

尚真王　いやいや、面白かったぞ。さすがに評判のことだけある美声じゃ。どうじゃ、アカインコ、旅回りをやめて、このまま首里で暮らさぬか。

阿　嘉　は？

老　臣　いや、このまま御城に上がらぬかと申されておる。今、王府では島々村々の歌を集めて、「おもろ御さうし」としてまとめようと計画しているところじゃ。そのオモロ作りを手伝ってくれと、御主加那志前のご意向じゃ。

阿　嘉　もったいなきことにござります。

尚真王　どうじゃ。

阿　嘉　はァ……（戸惑っている）。

尚真王　ま、いきなりのことで、面食らっていよう。よい、しばらく首里に止《とど》まって、考えて見よ。

阿　嘉　はい……。

尚真王　うむ。きょうは楽しい歌を聴かせて貰った。また、明日会おうぞ（立ち上がる）。

侍　女　上様の……

尚真王　よいよい――

王は扇子で侍女の口上を遮り、平伏する阿嘉に軽く会釈を送って、奥へ去る。侍女たちがぞろぞろと後を従いて行く。ウミナイビ、去りながら未練げに阿嘉を振り返り老臣だけ座に残る。

老　臣　どうじゃな、アカインコ。上様のお望み通り、この御城に勤めることは出来ぬか。

阿嘉、手を付いたまま、思案していたが、決心して、顔を上げる。

阿　嘉　これ以上の、有り難いお話はありませんが、私の歌は、島々村々を巡り、旅の上で生まれる島歌でございます。

老　臣　ふむ、断わるとな?

阿　嘉　申し訳ありませんけれど……。

老　臣　さようか。ま、そなたにはそなたの考えがあろう。惜しいことだが、止むを得ん。そなたの気持は分かった。上様には、そのように申し上げましょう。

阿　嘉　申し訳ございません。

老　臣　分かった。ま、きょうはこの御城でゆっくり休みなさい。では、また明日な。

老臣、頷いて立ち上がり、奥へ去る。見送って、サンダー、阿嘉に膝を回して、咎めるように見上げる。

サンダー　御師匠の前、どうしてこんなよいお話を、お断わりなさるのですか。

阿　嘉　俺に御城づとめは似合わぬよ。それよりか、島々を巡って、人々とともに、歌を作り、歌っていくことが、俺には似合っている。――それより、サンダー。

サンダー　はい。

阿　嘉　お前はまだまだ若い。これからよい御師匠について、学問を積んでいけば、立派に御城づとめも叶うであろう。だから、俺の代わりに、この首里に残りなさい。このこと、俺から上様にも、お願いしよう。

サンダー　御師匠の前……

第九幕

夜——。
首里御城の一室、宿泊所。
ウミナイビが侍女一人ともなって、忍んでくる。
部屋の中では、阿嘉がサンダーに歌を教えている。
侍女、戸に寄り、耳を当ててから、

侍女　もし、アカインコ様……。

阿嘉とサンダー、怪訝そうに顔を見合わせてから、阿嘉がサンダーに顎をしゃくる。
サンダー、立って行って、戸を開け、目を瞠る。
侍女、戸口に手をつく。

侍女　ウミナイビの前が、おいででございます。

阿嘉　（驚いて）何、ウミナイビが？

阿嘉、慌てて座りなおす。
侍女、戸口でウミナイビの被衣《かずき》を取る。
ウミナイビ、入って、静かに手をつく。
阿嘉も慌てて、手をつく。
それから、怪訝そうに、顔を上げる。

阿嘉　これはまた、ウミナイビの前が、どうして、このようなところへ？

王女　（恥じらうように）そなたの歌を、もう一度、聴きたいと思って……。

ウミナイビ、思い詰めた表情で、熱っぽく阿嘉を見詰める。
阿嘉、ドギマギして、言葉が見つからない。
侍女が傍らに畏まっているサンダーに目配せする。
侍女とサンダー、部屋を出、侍女が戸を閉める。
部屋の中は、阿嘉とウミナイビの二人きり。
ウミナイビは視線を落とし、じっと畏まっている。
その様子を見て、阿嘉はようやく呑み込み、頷く。

阿嘉　ウミナイビの前が、このようなところへお忍びなされてはなりませぬ。夜とはいえ、人目もござります。御主加那志前のお耳に入れば、どういうことになりますか。

王女　（顔を上げて）アカインコ様、わたくし……（燃えるように見詰める）。

阿嘉　（さえぎって）私は風のままに流れ行く、身分いやしきお祝付き。ここはウミナイビの前がいらっしゃるところではありませぬ。

王女　けれど……。

阿嘉　歌がお聴きになりたければ、昼、皆様のおられるところへ、参上致しまするが……。

王女　帰れ、と言うのですか。

阿嘉　このようなお忍びは、ウミナイビの前として、お慎みなされた方がよいかと……。

王女　思い余って、せっかく、こうして参りましたのに、帰れとは、つれのうございます。

ウミナイビ、袖を顔に当てる。
阿嘉、持て余す。

阿嘉　分かりました。私のつたない歌を聴きたいと、せっかくのおでましですから、……そう、御城では歌わなかった、田舎の歌でも、もう一つ歌ってみましょうか。

ウミナイビ、頷く。
阿嘉、臼太鼓を取って、歌い出す。

♪阿嘉の　つくり人
饒波の　おなり子や
ゑけ　はい
昨夜　見ちやる夢の
真夜中の　夢の
夢や　跡無もの
夢や　失せ無もの
おなり　抱ちへともて
つくり　抱ちへともて
ゑけ　はい
夢や　跡無もの
夢や　失せ無もの

聴いているウミナイビに、ようやく笑顔が戻る。
吹っ切れた様子——。

阿嘉　いや、戯《ざ》れ歌でございましたが、これでおよろしいか。

王女　ありがとう。御城での歌より、心に染みるものがありました。そのような歌が、田舎では歌われているのですね。

阿嘉　流行《はや》っております。

王女　そうですか……。

ウミナイビ、頷いてから居住まいを正し、改まって阿嘉に手をつく。

王女　いい夜でした。忍んできた甲斐がありました。

ウミナイビ、戸口を振り返り、「真鍋――」と、侍女を呼ぶ。
侍女が、戸を開けて、顔を覗かせる。

王女　真鍋。歌も聴きましたから、帰ります。

侍女　はい。

王女　（阿嘉に）それでは、これにて……。

隅にかしこまっているサンダーにも軽く会釈する。
びっくりして躍り上がるように身を伸ばしてから、蛙のように平伏するサンダー。

阿嘉　わざわざ、ありがとうございました。

ウミナイビ、部屋を出て行く。
サンダーが、未練げに見送る。

第十幕

首里城内――

尚真王　御城に上がること、断ったそうじゃな、アカインコ。首里は居心地悪いか。

阿　嘉　はッ、い、いいえ、とんでもないことでございます。

尚真王　首里を出たいと申しておるそうではないか。

阿　嘉　はッ、どう申し上げればよいか……流れ者の落ちつきのなさでございます。とても御城の宮仕えなど、つとまりませぬ。教養もない、世俗のウタ歌いでございますれば。

尚真王　ふむ。

阿　嘉　何より手前は、村々、島々を気儘に流れて行くのが、程に合っております。手前の歌は、その中から生まれてくるもので、流れ歩かねば、何も生まれてこない気が致します。

尚真王　浪々の中から生まれてくる歌か。ふむ、分かる気がするな。余など、こう玉座にしばりつけられて、歌など何も生まれぬ。

阿　嘉　決して、そのようなつもりで申し上げているのではございませぬ。

尚真王　分かっておる。自由気儘なそちが、ふと羨ましいと思うただけじゃ。

阿　嘉　恐れ入りまする。

尚真王　確かにそちは、野にあってこそ、その天分が輝くと見ゆる。御城のかたぐるしい箱の中に入れば、せっかくの天分もしぼんでしまうかも知れぬな。よし、相分かった。惜しい事じゃ、そちは気儘に行くがよい。

阿　嘉　ありがとうございます。ただ……。

尚真王　申したきことがあるか。

阿　嘉　はい。あつかましきことながら、一つお願いがございます。

尚真王　申して見よ。

阿　嘉　はい。手前の代わりと申してては何でございますが、手前が引き連れているワラバーがおります。

尚真王　聞いておる。子連れお祝付きというそうじゃな、そちらのこと。その子は幾つじゃ。

阿　嘉　十五になります。このワラバー、歌では天性のものがあり、手前も感心しております。

尚真王　そちの仕込みがよいからであろう。

阿　嘉　仕込み以上のものを持っております。よき師匠につければ、将来、王府のオモロ作りにも役立つかと……。

尚真王　なるほど。相分かった。その子を預かろう。

阿　嘉　重ね重ねのご厚情、ありがとうございます。

尚真王　（傍らの老臣に）世あすたべ。あれを――。

（※世あすたべ＝後の三司官）

老臣、「はッ」と受けて、傍らの臣下に目配せを送る。
臣下、用意してあった長箱を捧げ持って、阿嘉の前へ置く。

老　臣　それは、御主加那志前が、特にそなたに賜る。明国渡りの三絃《さんげん》じゃ。

阿　嘉　三絃……。

尚真王　開けて見よ。

阿　嘉　はッ。

阿嘉、恭しく、箱を開ける。

尚真王　弾いてみよ。

阿嘉、三絃を取り出し、造りを見、弦をはじいてみてから、構える。
テンテン、トントン……
と弾いてみてから、しだいにメロディーを整えていく。（昨夜見ちゃる夢……の旋律）
王と老臣、驚いて顔を見合わせる。
阿嘉、少し弾いて、三絃を置く。

尚真王　さすがじゃ。はじめての三絃を、あっさり弾きこなすとはな。それは明国の音楽にのみ使ってきたものじゃ。そちにやろう。これで琉球の歌を奏でて見よ。お祝付きに使ってよいぞ。

阿　嘉　はッ。

尚真王　三絃に、新しい生命を吹き込むのじゃ。

阿嘉、ははーッ、と平伏する。

○

三絃を弾きながら、歌い歩いて行く阿嘉——。

村を行く。子供たちが集まって来る。

阿嘉、三絃を弾き、歌う。

子供たち、阿嘉の三絃歌に乗って踊る。

村人たちも集まって来る——

(N)「歌と三線の　むかし始まりや

犬子音東《いんこねあがり》が　神の御作《みさく》」

アカインコが作ったと伝わる「作田節」のメロディーがゆっくり流れてくる——

——幕——

与並　岳生（よなみ・たけお）
1940年、沖縄宮古島に生まれる。

〈おもな作品〉

歴史小説・小説
『琉球王女 百十《ももと》踏揚《ふみあがり》』（新星出版）
『思五郎《うみごろう》が行く―琉球劇聖・玉城朝薫《たまぐすくちょうくん》』上下2巻（琉球新報社）
『南獄記』（琉球新報社）
『新 琉球王統史』全20巻（新星出版）
『南島風雲録』（新星出版）
『琉球吟遊詩人 アカインコが行く』（琉球新報社）
『舟浮の娘／屋比久少尉の死』（新星出版）
『島に上る月』全8巻（新星出版）
『沖縄記者物語 1970』（新星出版）
『沖縄記者物語2 キセンバル』（新星出版）
『沖縄記者物語3 南濤《なんとう》遺抄《いしょう》』（新星出版）
『続・琉球王女百十踏揚 走れ思徳《うみとく》』（琉球新報社）
『新釈・宮古島旧記』（新星出版）

その他
『琉球史の女性たち』（新星出版）
『グスク紀行―古琉球の光と影』（琉球新報社）
『世界遺産・琉球グスク群』（共著、琉球新報社）
『名城をゆく26―首里城』（共著、小学館）
『戯曲・海鳴りは止まず』（新星出版）

写真集
『炎の舞踊家 宮城美能留』（新報出版）

与並岳生 戯曲集2

火　城
―琉球国劇「組踊」誕生―

二〇一九年三月二十八日　初版第一刷発行

著　　著　与並 岳生

発行・印刷　新星出版株式会社
〒九〇〇-〇〇〇一
沖縄県那覇市港町二-十六-一
電話〇九八-八六六-〇七四一

ISBN 978-4-909366-23-8 C0093
定価はカバーに表示してあります。
万一、落丁・乱丁の場合はお取り替えいたします。